KB118394

날씨와 사랑

장은진
장편소설

날
씨
와

사
랑

문학동네

차례

1. 창문의 정서

　사는 게 숨찰 때, 나는 창문을 올려다보는 습관이 있다.

　창문에는 묘한 정서가 흐른다. 그렇다고 세상의 모든 창문이 정
서를 가진 건 아니다. 내 시선이 닿는 높이의 건물이어야 하고, 건
물의 가장 마지막 층 모서리에 위치한 작은 창문이어야 한다. 건
물 맨 꼭대기 가장자리의 작은 창만이 그것을 완벽하게 구현해낼
수 있다. 더는 옆으로도 위로도 갈 수 없는 막다른 지점. 어두워도
좋지만 밤에 불이 밝혀져 있으면 더할 나위 없이 좋다. 고개를 들
어 하늘을 배경으로 모서리 끝의 창문을 올려다보면, 마치 허공에
걸려 있거나 떠 있는 것처럼 보인다. 창문 주인의 삶이 실제로 어
떠하든, 나한테 그 창은 세상에서 가장 외롭고 쓸쓸하고 막막한
곳이다. 간혹 아슬하고 위태로워 보이기까지 한다. 두 발을 딛고

서서 고개를 쳐들고 울부짖는 대신 눈물처럼 흘러내리는 창문의 정서를 느끼면 숨통이 조금 트인다.

그날 밤도 일에 지친 나는 장갑 공장을 뛰쳐나와 창문을 올려다보며 답답한 숨을 고르고 있었다. 문득 누군가 옆에 있다는 느낌이 들어서 고개를 돌려보니, 비도 오지 않는 날씨에 우산을 쓴 사람이 창문을 올려다보고 있었다. 어디서 나타났는지 모를 그 사람은 한참 동안 나랑 같이 창문을 올려다봤다. 그러고는 나와 잠깐 눈을 맞춘 뒤 조용히 자리를 떠났다. 나는 우산을 쓴 뒷모습이 골목 모퉁이를 돌아 사라질 때까지 우두커니 쳐다봤다. 이상하게 꼭대기 창문의 정서를 느낀 것처럼 숨통이 트였다.

그 사람, 우산씨는 세계 어느 도시에서도 만날 수 없는 특별한 구조물이었다. 사람들은 우산을 쓴 채 매일 광장에 나와 서 있는 창백한 안색의 그를 '우산씨'라 불렀고 나도 그렇게 불렀다. 아무리 상상력이 없고 언어 감각이 부족해도 그를 보면 누구라도 그 이름을 떠올릴 수밖에 없었다. 우산씨는 따뜻한 피와 단단한 뼈를 가졌지만 나는 그가 도시를 이루는 튼튼한 구조물이라 생각했다. 종탑이나 시계탑처럼 정해진 장소에 우뚝한 형태로 세워져 있어서였다. 단지 엄숙하게 조금씩 움직이고, 숭고하도록 느리게 이동하면서, 창백하게 숨쉴 뿐이었다. 우산씨는 사람들이 자기를 '우산씨'라 일컫는 걸 개의치 않았다. 뒤에서든 옆에서든 우산씨다,

하고 수군대면 자연스럽게 소리 나는 쪽으로 고개를 돌렸다.

우산씨는 위아래로 잡고 쭉 늘여놓은 듯 체형이 가늘고 길었다. 가늘어서 길어 보이는 건지 길어서 가늘어 보이는 건지 알 수 없지만, 하여튼 그랬다. 팔다리도 길고, 허리도 길었다. 얼굴도 길고, 코도 길었다. 손가락과 귀도 길었다. 물론 목도 길었다. 그래서 좀 슬프고 둔해 보였다. 덥고 건조한 사바나에서 와, 우리에 홀로 갇힌 동물원의 기린처럼.

우산씨의 차림새는 항상 비슷했다. 검정색 슈트에 검정색 에나멜 구두. 정중한 차림이었다. 어깨에는 네모 길쭉한 소가죽 백팩을 메고, 왼손으로는 J자 모양의 손잡이가 달린 장우산을 잡고 있었다. 우산씨는 흐트러짐 없는 몸가짐을 한 채 우산 꼭지로 바닥을 또박또박 짚으며 느긋하면서도 천천히 걸었다. 간혹 절망하듯 긴 팔을 축 늘어뜨려 우산을 질질 끌고 다니기도 했는데, 그러면 사람이 더 길고 둔해 보였다. 짚거나 끌지 않을 때는 팔에 걸어두었다. 오른손에도 같은 디자인과 색상의 쌍둥이 우산을 들고 다녔는데, 다른 점이라면 오른손으로 '붙잡고' 있는 우산은 언제나 하늘을 향해 쫙 펼쳐져 있다는 것이었다. 비가 내리지 않는데도. 나는 그 우산이 접힌 걸 한 번도 본 적이 없었다. 그래서 나는 우산씨가 자기 우산에 기대어 기생한다는, 지탱하며 의지한다는 인상을 받았다.

우산씨는 하루에 한 번은 꼭 광장에 나타났다. 나처럼 그에게는 주말이나 공휴일이 따로 없었다. 우산씨의 달력은 낱장을 넘겨도 검은 숫자들뿐이었고, 하루는 그저 시간을 세는 단위에 불과했다. 우산씨를 매일 마주치다보면 어제와 오늘의 구분이 조금씩 무너지거나 무뎌지는 걸 느낄 수 있었다. 나중에는 아직 오지 않은 내일마저 벌써 경험해버린 듯 궁금하지 않았다. 나는 내 일상을 통해 이미 그걸 깨달은 사람이었다. "우산씨를 매일 마주치다보면"에서 '우산씨'를 '장갑'으로 바꾸면 되니까.

우산씨는 광장에 비쩍 마른 구조물처럼 서 있기가 지루하면 그 위치를 조금씩 바꾸거나 느린 걸음으로 돌아다니며 근처 상점에 진열된 물건을 두루 구경했다. 다리가 아프면 광장 가장자리를 따라 둥그렇게 마련된 벤치에 앉아 작고 얇은 책을 보기도 했다. 그럴 때도 우산씨는 손에서 우산을 놓지 않았다. 나는 우산씨가 큰 죄를 지어서 매일 하루치의 형벌과 고문을 스스로한테 주고 있는 게 아닐까 생각했다. 우산 안에 자신을 가둔 채 오지 않는 무언가를 기다리는 벌과 고문.

2. 나와 그의 사막

그와 함께 꼭대기 창문을 올려다보는 지금, 내 심호흡이 공기를
잔잔하게 부풀렸다.

"듣고 보니, 정말, 끝없이 외롭고, 한없이 쓸쓸해, 보입니다. 이
상할 정도로, 막막합니다."

맹렬하게 무더웠던 낮이 바닥에 드러누운 밤, 나는 처음 듣는
우산씨의 길고 분명한 목소리에 놀라는 중이었다. 아파트 십삼층
의 불 켜진 창을 올려다보던 그가 아, 하고 숨을 내뱉었다. 그러고
는 실외 생활을 많이 하는 사람으로서 창문의 정서를 미처 발견하
지 못한 자신을 부끄러워했다.

"가장 높고 가장 끝에 있으니까요."

사슴뿔을 반질반질 깎아 만든 그의 우산 손잡이를 무심코 잡으

며 나는 놀라지 않은 척 위로했다.

"그리고 창문은 너무 많잖아요. 현기증이 날 정도로 널렸잖아
요."

"그래서, 대단한 건지도, 모릅니다."

우산씨가 옆으로 한 발짝 붙어서서 나는 다시금 놀랐다. 그에게
서 땀냄새가 났는데 싫지 않았다. 나한테서는 파스 냄새가 날 텐
데 괜찮을까.

"저 많은, 것 중에서, 발견하지, 않았습니까."

그는 키가 나보다 훌쩍 커서 그의 무릎이 내 허벅지께에 자리하
고 있었다.

"현기증, 나지 않는, 하나의 창을, 말입니다. 사물의 정서에, 특
허를, 낼 수 있다면, 그건, 해주씨 게, 될 겁니다."

재밌는 발상 같기도 하고, 칭찬 같기도 해서 기뻤다. 우리의 대
화는 마치 오래전부터 늘 해오던 것처럼 자연스러웠다. 그동안 마
주칠 때마다 내가 먼저 다가가 혼자 떠들었고, 우산씨는 말을 아
예 안 하거나 묻는 말에 고작 한두 마디 대답만 할 뿐이었는데, 그
런 그도 내게 말이 필요한 순간임을 안 것이다. 지금껏 아무에게
도 하지 않은 얘기를 우산씨한테 꺼낸 건 그라면 왠지 이해할 것
같아서였다. 고개를 끄덕여주는 것만으로도 충분하다고 생각했
다. 그런데 그는 기대하지 않았던 '말'이란 방식으로 내게 공감해
주고 있었다. 우산씨의 공감은 계속되었다.

"그날, 해주씨가, 왜, 창문을, 올려다보고, 있었는지, 궁금했습니다. 그리고, 알아볼, 겁니다. 다른, 사람들도."

"그럴까요."

오늘 너무 많은 말을 해서 우산씨는 당분간 침묵으로 지내야 할지도 모르겠다.

"언제 처음, 알아본, 겁니까? 해주씨는."

우산씨는 입을 벌린 채 창문을 올려다보며 물었다. 키가 큰 그는 나보다 더 저 창문에 가까운 사람이었다. 가까워서 생각보다 쉽게 알아본 걸까.

우리집 주위로 아파트를 비롯한 높은 건물이 생기고 나서였으니, 창문을 올려다보는 건 나의 아주 오래된 습관이었다. 십사 년 전, 도보로 십 분 거리에 있는 기차역이 KTX 노선 연결로 시의 주요 관문이 된 후 우리 마을은 더이상 시 외곽이 아니었다. 역명 변경과 함께 역이 확장공사에 들어가고 복합환승센터 추진 계획까지 발표되자 개발 붐은 광풍처럼 마을을 휩쓸었다. 집 앞에 꽤 큰 광장이 들어서고, 그 광장을 중심으로 선인장 가시 같은 길이 여러 갈래 뻗어나가면서 개발이 시작되었다. 그러자 토네이도가 지나가기라도 한 듯 낡고, 낮고, 어두침침한 집들이 순식간에 헐려나갔다. 허물어진 자리에는 지체 없이, 높고 뻔쩍거리는 건물이 무서운 속도로 지어 올려졌다. 건물이 없어지는 소리보다 새로 생기는 소리가 훨씬 시끄럽고 오래 이어졌다. 옆집과 뒷집이 동시에 무너지고 그 자리에 십삼층짜리 아파트가 세워질 때는 소음이 심해 도저히 낮잠을 잘 수 없을 정도였다. 그렇게 시는 계획대로 바뀌고 변모해서 시다워졌다. 시답지 않게 아직도 개발에 동참하지 않은 건 우리집과 재하 오빠네뿐이었다. 그 많은 건물이 우정을 지키듯 전부 헐리고 이젠 우리 공장과 집, 재하 오빠의 목공방만 남은 것이다. 나와 재하 오빠네 집은 초등학생이 크레파스로 삐뚤삐뚤 그려놓은 그림처럼 기우뚱 서 있었다.

우리집은 공장 건물 이층에 있고 창문도 넉넉하지만, 땅에 가까워서인지 아무리 쳐다봐도 '정서'가 느껴지지 않는다. 정작 창문 주인은 외롭고 쓸쓸하고 막막한데도. 주인으로 모자라 창까지 그럴 필요가 없어서라고 생각한다. 여튼 그날 일에 지쳤던 나는 외롭고 쓸쓸하고 막막한 심정을 어찌해볼 수 없어서, 공기가 희박해진 것처럼 갑자기 숨마저 안 쉬어져서, 공장을 뛰쳐나가 고개를 쳐들고 울었다. 울고 울다, 그 울음이 절정에 이르렀을 때일 것이다. 나보다 더 외롭고 쓸쓸하고 막막한 허공의 작은 창문과 우연히 마주보게 되었다. 신기하게도 그 순간 울음이 그치더니 숨통까지 트이는 걸 경험했고, 그후 나는 더이상 개발의 소음에 불만을 갖지 않았다.

"해주씨, 숨이, 차지 않았으면, 좋겠습니다."

우산씨의 푸른 우산이 지붕처럼 내 머리 위를 감쌌다. 마치 내리지 않는 비를 막아주려는 듯이. 창문은 우산에 가려지고, 나를 내려다보는 우산씨의 얼굴만 보였다. 문득 그의 표정이 허공에 떠 있는 창문 같다고 여겨지는 건 왜일까. 키가 커서 '높다'는 느낌이 들기 때문인가. 우산씨는 숨이 차지 않았으면 좋겠다는데 갑자기 이렇게 숨이 차는 건⋯⋯

　호흡이 거칠어져서, 그대로 더 있다간 우산씨가 한 말이 무색해질까봐 황급히 돌아섰다. 간다는 말도 없이 갑자기 떠나는 게 이상했지만, 우산씨한테 이 정도는 이상한 축에 끼지도 않을 터라 마음에 두지 않고 집 쪽으로 걸었다. 걸음을 빨리했더니 열기 때문인지 아까와는 다른 감도로 숨이 찼고, 집 앞에 도착하자 그것은 사는 게 힘들 때의 숨참으로 돌아와버렸다. 다시 창문을 봐야 하나.
　창문 대신 내가 본 건 공장 담벼락의 팻말이었다.
　담장 붕괴 위험. 주정차 및 접근 금지.
　아버지가 작년 장마 때 빨간색 페인트로 써서 붙인 문장이었다. 작년은 유난히 많은 태풍 이름이 뉴스 끄트머리의 '날씨와 생활'에 등장한 해였다. 태풍은 외눈박이로만 오는 줄 알았는데 동시다발로 형성되어 두 개의 눈을 부릅뜨고 찾아오기도 했다. 다행히 우리나라에 상륙했을 때는 대부분 세력이 약해지고 별다른 피해 없이 소멸해서 방송사의 예보가 지나치게 겁을 주었다는 지적이 나올 정도였다. 우리 마을에도 전신주가 넘어지거나 가로수가 부러지는 일은 생기지 않았다. 산사태도 없었고, 창문 한 장 깨지지 않았다. 오로지 우리 공장 담벼락만 무너져내렸다. 장마가 다 끝나고 태풍은커녕 산들바람 한 점 불지 않던 평화로운 토요일 오후에, 느닷없이. '날씨와 생활'에 나온, 이름을 발음하기도 어려웠던 그 많은 외국 태풍들이 튼튼하지 않은 담장을 한 번씩 때리고, 때리고, 때리고 지나가서 뒤늦게 우리만 이재민이 되고 만 것이었다. 우리집보다 더 기울어진 재하 오빠 집도 멀쩡했는데.

아버지는 재하 오빠와 함께 시멘트를 반죽해 담장을 보수한 뒤 함석판으로 팻말을 만들어 붙였다. 담장이 사람을 덮쳐 다치게 하는 것보다 병원비나 자동차값 물어줄 일이 생길까 두려워서 책임을 회피할 구실을 마련해두려는 것이었다. 나는 분명 경고했다! 라고. 아버지는 문구를 이렇게 적고 싶었을 것이다.

'담장 붕괴 위험. 주정차 및 접근 금지. 사고 발생시 절대 책임지지 않음.'

그러나 굳이 시뻘건 글씨로 겁주지 않아도 우리집은 위험해 보여서 사람도 차도 접근하지 않았다.

언젠가 집이 무너진다면 그 첫번째 희생자는 내가 되지 않을까, 라고 생각해왔다. 이 집에 가장 많이 머무는 사람이 나이므로, 내가 될 확률이 높았다. 어떤 식으로 죽음을 맞으면 좋을까 가끔 상상해봤는데 그것도 괜찮은 죽음이라는 생각이 들었다. 내가 나고 자란 집이 나를 죽이는 것. 그런데 아버지는 내가 다쳐도 절대 책임지지 않을까.

나는 나를 죽일지도 모르는 우리집 대문을 열고 들어갔다. 그러나 저 안에는 진짜로 나를 죽일 수 있는 게 기다리고 있다.

들어가자마자 열기가 살갗을 태우고, 목구멍에는 먼지가 찼다. 뜨거운 열기와 날리는 먼지. 사막 같았다. 아니, 사막이다. 나는 사막에 가본 적은 없지만 사막을 잘 안다. 상상력도 필요 없다. 잠을 잘 수 있는 밤이 없고, 미래를 향해 걸을 수 있는 방향이 없으며, 가도 가도 끝이 없는 곳. 내가 사막에 대해 한참 잘못 알고 있다 해도 이게 나의 사막이다. 이곳이 사막이 아니면 어디가 사막일까. 바깥은 밤인데 여기는 아직도 한낮이다. 진짜 한낮에는 이보다 더 찌고, 밤에는 그냥 찐다. 미세먼지 농도는 늘 '매우 나쁨' 상태다. 여름인데도 문을 열어둘 수 없어서다.

공장 안에서 열다섯 대의 편직기가 소음을 내며 면장갑을 짜고 있다. 너무나 시끄러운 사막이다. 베틀의 북에 해당하는 장치가 가로로 왔다갔다하며 하얀 실타래를 풀면 이 분마다 장갑 한 짝이 직조된다. 이어서 편직기가 완성한 직물을 밑에 뚫린 네모난 구멍으로 무심하게 툭, 뱉어내면 구멍 아래 받쳐둔 바구니 속에 짝 없는 장갑들이 하얗게 쌓인다. 열기는 기계에서 생기는 것이고, 먼지는 실에서 나오는 것이다. 편직기가 쉬지 않고 이십사 시간 동안 짜낼 수 있는 장갑은 삼백육십 켤레. 이 공정에는 사람 손이 많이 필요하지 않다. 실이 떨어졌을 때 기계에 새 실패를 걸어주는 것 정도가 사람의 일이다. 기계가 문제없이 잘 돌아가고 있는지 가끔 살펴보기만 하면 되므로 열기와 먼지에 노출되는 시간은 짧았다. 짧아도 여긴 사막이었다. 밤과 방향과 끝이란 게 없이 계속 움직이는 공장. 걸어도 걸어도 비슷한 풍경이 지루하게 반복되는 사막처럼, 기계는 같은 모양의 장갑을 짜고 또 짰다.

내 사막은 여기서 끝나지 않고 다음으로 이어진다. 편직실 구석에 딸린 문을 열고 들어가면 창고가 나오고, 창고 안쪽에는 방이 하나 있다. 편직실의 열기와 먼지가 그 방까지 따라 들어온다. 그 방에서 나는 중노동을 한다. 어쩌면 집이 무너지기 전에 여기서 죽을 수도 있다고 생각한다. 장갑을 짤 때는 사람 손이 필요 없지만 짜인 장갑을 한 쌍으로 짝지어 포장하려면 사람 손이 필요하다. 글러브 포장 기계가 있긴 하지만 반은 사람 손으로 해야 한다. 그나마 일주일 중 하루를 온전하게 쉴 수 있는 날은 일요일이다. 그래서 나는 일요일을 가장 좋아하고 항상 목 빠지게 기다린다. 그러나 기껏 기다렸는데 일이 밀려서 기계를 돌려야 하는 일요일도 있다. 그러면 아는 사람한테 사기를 당하거나 도둑을 맞은 기분이 들고, 그 기분이 결국 일요일 전체를 망친다. 일주일을 몽땅 일로 채우고 나면 현실은 비현실적이 되었다. 일요일마저 난폭해지는 것이다.

나는 포장 기계 앞에 앉았다. 나를 향해 손가락 모양 쇠판 스무 개가 부채꼴로 뻗어 있다. 열이 흐르는 쇠판은 다리미 기능을 한다. 그 쇠판에 장갑을 씌우고 작동 버튼을 누르면 납작하게 오므라지면서 다림질된 장갑 열 켤레가 가지런히 모인다. 흐트러지지 않도록 노란 고무줄로 엄지손가락과 나머지 손가락을 각각 묶은 뒤 쇠판에서 빼내어 비닐봉지에 담으면 한 죽이 된다. 열 죽을 모아 한 단을 만들고, 세 단을 한 덩이로 엮으면 장갑은 모두 삼백 켤레가 되는데, 그것이 공장 출고 단위이다.

기계가 멈춰야 나도 멈출 수 있지만, 납품 기한에 맞추려면 편직기 열다섯 대를 이십사 시간 가동해야 했다. 교대해줄 아버지는 이틀째 집에 안 들어오고 있었고, 누굴 좀 손봐주고 오겠다며 점심을 먹다 말고 뛰쳐나간 여동생 영주는 감감무소식이었다.

엄마만 있었어도.

내가 중학교 3학년이었을 때니까 엄마가 집을 나간 지도 십삼 년이 되었다. 여러 사람의 기억을 모아봐도 보통과 다를 게 없는 날이었다. 전날 엄마는 평상시처럼 재봉틀 앞에 앉아 저녁 일곱시까지 면장갑 손목에 오버로크를 쳤고, 일을 마친 뒤 이층으로 올라와 식구들과 둘러앉아 저녁을 먹었다. 엄마가 좋아하는 고등어 구이를 식탐 많은 아버지가 눈치 없이 다 먹는 일도 없었다. 엄마가 밥상머리에서 아버지한테 자주 했던 말은 "일은 안 하면서 밥만 많이 처먹는다"였다. 그래서 아버지는 고등어 반찬이 올라올 때만큼은 엄마의 심기를 건드리지 않으려고 나름 조심했다. 밥을 먹고 나서는 영주와 내가 설거지를 했고, 엄마는 망고포도를 먹으며 일일드라마를 시청한 뒤 방으로 들어가 열시쯤 잠이 들었다. 아침에 일어나보니 부엌 싱크대 위에 영주와 내 도시락이 다정하게 놓여 있었다. 여름방학이 시작된 날이라 도시락을 쌀 필요가 없었는데도. 그뿐이었다. 세 사람의 기억을 아무리 자세히 모으고 또 모아봐도 그게 전부였다. 그 전전날의 기억도 별반 다를 바 없었다.

　엄마는 편지 같은 건 남기지 않았다. 휴대폰도 두고 가서 먼저 연락을 취할 수 없었다. 시장에 잠깐 콩나물을 사러 나간 것처럼 지갑만 챙겨가서 가족 모두 곧 들어오리라고 가볍게 생각했다. 일주일이 넘어가자 엄마에게 안 좋은 일이 생긴 것 같아 실종신고를 하려고 했을 때 이모한테서 전화가 왔다. 엄마와 통화가 됐는데 아무 일 없다는 듯 평소와 다름없는 목소리로 이야기를 나누었고, 집을 나왔다는 얘기도 하지 않더라고 했다. 우리는 엄마에게 돌아올 마음이 생길 때까지 참을성을 가지고 조금만 더 기다려보기로 했다.

　그러나 엄마는 결국 완벽하게 숨어버렸고 집구석은 천천히 엉망이 되어갔다. 술에 절어 납품 기한을 지키지 못한 아버지 때문에 단골 거래처들이 거래를 끊기 시작했고, 그렇게 편직기 전원이 하나둘 꺼지다 어느 날 공장 전체가 가동을 멈추고 말았다. 월급이 밀린 세 명의 공장 직원도 한꺼번에 일을 관두었다. 그 상태로 몇 달이 지나자 쌓인 건 빚과 먼지뿐이었다. 누구라도 정신을 차리지 않으면 안 되었다. 그 누구는 바로 나였고, 나는 엄마가 하던 일을 하나씩 찾아서 하기 시작했다. 거래처를 다시 들러 통사정을 했고, 편직기를 한 대씩 한 대씩 늘려가며 돌렸고, 밥을 지었고, 회계장부를 기록했고, 아버지와 영주가 공장 일에 게으름 피울 때마다 잔소리를 해댔다. 엄마가 한 일은 굉장히 많았다. 그런 엄마가 사라졌으니 사람도, 집구석도, 공장도 엉망이 될 수밖에 없었다.

엄마만 있었어도.

엄마만 있었어도 나는 대학에 갔을 것이고, 영주는 어둠을 노래하지 않았을 것이고, 아버지는 고등어를 싫어하지 않았을 것이고, 장갑은 쌓이지 않았을 것이고, 자정까지 일하지 않아도 되었을 것이고, 사막을 상상할 수 있었을 것이고, 엄마를 미워하지 않았을 것이고, 것이고, 것이고……

엄마가 했던 그 많은 일 중에서 내가 할 수 없는 게 딱 하나 있었다.

오버로크.

면장갑은 손목 부분의 올이 풀리는 걸 방지하기 위해 일일이 재봉틀로 오버로크 처리를 했다. 오버로크 친 면장갑은 빨아도 여러 번 사용할 수 있었다. 엄마만큼 오버로크를 빠르고 예쁘게 치는 사람은 없었다. 엄마는 숙련공이었지만 그건 내가 잘할 수 있는 일이 아니었다. 뭐, 하라면 할 수는 있겠으나 숙련이 되려면 시간이 필요했다. 그러나 내게는 숙련공이 될 때까지 기다릴 여유가 없었다. 다행히 공장을 다시 돌리기 시작했을 때, 그것은 할 필요가 없는 일이 되었다. 단가 문제로 장갑에 오버로크 처리를 하지 않는 추세였고, 대신 자동 접착사라는 실을 사용해 올이 풀리지 않게 하는 새로운 기술이 나왔기 때문이었다. 열을 가하면 실이 자동으로 손목 부분에 접착되어 오버로크 효과가 나는 기술이었다.

오버로크.

그건 이제 엄마가 없어도 되는 일이다.

포장을 마치자 밤 열두시가 훌쩍 지나 있었다. 휴대폰으로 틀어두었던 음악과 선풍기를 끄고 자리에서 일어났다. 펴지지 않는 허리를 구부린 채 녹슨 철제 계단을 타고 이층으로 올라갔다. 갑자기 머릿속이 핑 돌아서 손잡이를 붙잡고 잠깐 서 있다 계단을 마저 디뎠다. 무거운 발걸음을 따라 텅텅거리는 소리가 밤하늘 깊이 녹아들었다. 방으로 곧장 들어갈까 하다 가슴이 답답해 옥상까지 올라갔다.

개발 붐으로 우리집 주변은 번화가가 되었다. 아파트, 원룸, 빌라가 많아서 상가도 많았다. 상가는 대체로 저녁이면 문을 닫는 얌전한 업종들이라 주위는 어둡고 조용한 편이었다. 카페나 술집은 대부분 대로 건너 역 근처에 몰려 있었다. 불빛이 한데 뭉쳐 있어서 어두워지면 역이 어디쯤인지 금방 보였다.

눈앞에는 광장이 펼쳐져 있었다. 타원형으로 길쭉한 광장은 테두리를 따라 늘어선 고풍스러운 가로등 때문에 밤의 지구에 불시착한 UFO처럼 보였다. 나한테 광장은 창문에 이어 개발을 불만스러워하지 않게 해준 곳이었다. 나는 일을 끝내고 옥상에 올라 광장을 응시하는 걸 좋아했다. 특히 밤이면 그것은 무언가의 중심 같고, 심지 같았다. 중요한 어떤 핵심. 광장에서는 수시로 사람들이 모였다 흩어졌고, 생각이 멈췄다 전개되었다. 낮에는 그늘을 갖지 않았고, 밤에는 어둠을 갖지 않았다. 그리고 일하지 않았다.

일하지 않는다, 라고 줄곧 생각해왔다. 우산씨를 알기 전까지는. 일하지 않는다, 라고.

장갑을 짜느라 바깥의 계절이 언제 무르익고 풍경이 어떻게 바뀌는지 모르고 지내는 경우가 더러 있었다. 올봄이 특히 그랬다. 얼마 만인지 모를 얼굴 팩을 하다가 책상 달력을 두 장이나 안 넘긴 걸 발견하고 봄이 흔적도 없이 사라져버렸음을 깨달은 날이었다. 지금이라도 계절을 봐두어야겠다는 생각이 다급하게 들어서 한밤중에 옥상으로 나가 광장을 응시했다. 내가 정신없이 장갑을 짜는 동안 광장의 녹음은 여름과 춤을 추고 있었고, 낡아서 지저분했던 가로등은 고풍스러운 모양으로 교체되어 있었다. 그리고 텅 빈 광장 한가운데 우산을 쓰고 서 있는 한 사람이 보였다. 며칠 전 갑자기 나타나서 아무 말 없이 나와 함께 창문을 올려다보고 자리를 떠났던 그 사람이었다. 비도 안 오는데 우산을 들고 있는 모습이 우스꽝스러워서 처음에는 동상이나 뭐 그런 설치물인가 착각했지만, 거리가 멀고 어두운데도 그 사람이 나를 뚫어져라 쳐다보고 있다는 걸 알았다. 진지하게 지켜본다는 느낌도 들었다. 내가 장갑을 짜느라 달력 두 장을 방치해둔 사이에도, 창문을 올려다보고 떠났던 그날 이후로도 혼자서 계속 이쪽을 지켜봐왔다는. 그렇게 오 분쯤 나와 마주보고 있던 그는 느린 걸음으로 광장을 빠져나갔다. 그가 발을 옮길 때마다 우산 꼭지로 바닥을 짚는 소리가 나지막이 울렸다. 소리가 더는 들리지 않게 되었을 때, 나는 얼굴에 팩을 붙이고 있다는 걸 깨달았다. 피차 우스꽝스럽긴 마찬가지였던 것이다.

그날 이후, 나는 그가 정말로 매일 광장에 나온다는 사실을 알아챘다. 왜 그때까지 미처 모르고 있었을까. 우산씨가 광장에 나타났다 떠나는 시간은 딱히 정해져 있지 않았다. 한 시간도 못 되게 머물다 돌아간 적도 있었고, 광장 가로등에 백색 불이 들어올 때까지 기다리다 간 경우도 있었다. 그런 날의 우산씨는 근면한 점등인 같았다. 왠지 광장의 불을 켜는 사람이, 가로등 주인이 우산씨인 것만 같은. 내게 우산씨는 나태와 권태를 모르고, 피곤을 무시하는 사람이었다. 그리고 우산씨가 있어서 광장은 매일 일하는 곳이 되었다.

하지만 매일 그렇게 똑같은 일을 하고 살면 인생이 짧게 느껴진다는 걸 우산씨는 알까. 종종 나는 내 나이의 반도 살지 못한 기분이 들었다. 매일 장갑을 짜는 인생이란 그런 것이다. 매일 우산을 들고 사는 삶도 그럴 것이다. 그러므로 우산씨의 사막은 광장인지도 모른다. 그렇게 생각하자 우산씨와 내가 각자의 인생을 살면서 동시에 서로의 삶을 살고 있는 느낌이 들었다.

크고 넓은 공간에 아무도 없으면 공허해지기 마련인데, 우산씨가 없는 광장의 공허는 지금껏 겪어보지 못한 새로운 공허였다. 공허에도 크기가 있다면 그 크기는 무거워야 커지는 걸까 가벼워야 커지는 걸까. 그때 철제 계단으로 누군가 올라오는 소리가 들렸다. 아버지나 영주일 것이다. 텅텅 소리가 큰 걸로 보아 영주가 분명했다. 영주는 아주 뚱뚱하다. 일은 안 하면서 밥만 많이 처먹어 그렇다. 영주와 나는 몸무게뿐 아니라 키와 골격, 얼굴 생김새까지 무엇 하나 닮은 구석이 없다보니 같은 뱃속에서 나온 게 맞느냐는 의심을 자주 샀다. 부모 중 하나가 바람피워 태어난 자식일 거라고 말이다. 취향도 달라서 영주는 항상 커트를 고수했고, 나는 긴 생머리를 잘라본 적이 없었다. 옷도 영주는 바지만 입었고, 나는 치마를 좋아했다.

나는 옥상을 내려갔다. 영주가 이층 평상에 철퍼덕 앉으며 전자 담배를 꺼내 피웠다. 저 대나무 평상은 영주 때문에 언젠가 무너질 것이다.

"전자 담배가 더 해롭대."

이층 난간 앞에서 영주를 쳐다보며 말했다.

"그래서 피우는 거야."

십 년 차 끽연가답게 영주 입에서 안이 빈 동그라미가 간격을 지키며 연속으로 나왔다. 영주의 주둥이는 공장 굴뚝 같았고 동그란 연기는 만화가들이 죽은 사람 머리 위에 그리는 흰 고리 같았다. 연속되는 죽음의 고리들. 미리 보는 죽음의 표시.

"가격도 좀 싸."

"좀 싸서 전자로 바꾼 거야?"

"해로워서."

영주는 죽음을 생각하고, 노래하고, 말한다. 나는 어둡고 불길하고 부정적인 것들에 대한 모든 걸 영주한테서 배웠다. 아니, 한방을 쓰다보니 그냥 옮겨붙은 것이었다. 자는 사이 내 몸속으로 야금야금 스며들었다. 좋은 점도 있었다. 그런 걸 옆에 두면 절망이 가까이 와도 무덤덤했다. 영주가 노리는 게 그거라고 나는 생각했다.

내가 내 나이의 반도 살지 못한 기분으로 살아왔다면 영주는 자기 나이의 두 배에 이르는 인생을 이미 살아버린 듯 온갖 일들을

26

겪었다. 그 모든 사건은 어느 한 시기에 몰아치듯 당도했다. 술 담배를 시작으로 가출, 동거, 임신, 낙태, 자살기도, 동성애, 죽음에 이를 강도의 폭력, 오토바이 사고, 배신, 복수, 이별, 상처…… 아니, 사건은 당도하지 않았다. 당도하게 만들어버린 것이지. 세상에는 아무리 기다려도 오지 않는 풍파가 있지만 영주한테 어떤 소란을 닥치게 하는 건 아무것도 아니었다. 빨리빨리 다 겪어 나이를 먹으려고, 평생 한 번도 겪지 않고 지나칠 수 있는 삶까지 모조리 찾아서 살아보려고, 더디게만 가는 시간과 차곡차곡 쌓아야만 오는 나이를 그런 식으로라도 앞당겨 먹어버리고 싶어서, 미리 알아버리고 싶어서 일부러 분란을 선택해 들어갔다. 영주의 자발적인 삶에 꿈, 희망, 미래, 행복이란 장밋빛 단어는 없었고, 영주도 그런 걸 바란 적이 없었다. 아름다운 어휘가 필요 없는 사태를 찾는 건 그 반대의 것이 있는 삶을 사는 것보다 훨씬 쉽고 간단했다. 그런 것은 손만 뻗으면 닿을 가까운 곳에 얼마든지 널려 있었다.

　나이는 시간으로 먹는 게 아니라 경험으로 먹는가. 영주의 눈빛은 늙은이의 그것 같았고, 표정은 죽음이 얼마 안 남은 사람의 그것 같았다. 더이상 문제를 만들 의지가 사라졌을 때, 영주는 늙어 있었다. 늙고 지쳐 멈춘 듯했다. 영주는 그즈음 자기 음악 말고는 무엇에도 관심 없는 사람이 되어 있었다. 늙은 영주 옆에 앉으며 물었다.

　"손봐주고 온 건 누구야?"

"누구긴 누구야. 그년이지."

"또 훔친 거야?"

"개 같은 년."

"이번엔 뭘?"

"멜로디. 그년은 내 멜로디만 훔쳐."

데모 녹음을 하고 들어오는 날이면 영주는 동료의 욕을 했다. 나는 작곡 동료의 잦은 도둑질이 이해되었다. 그애의 잘못이 아닐 것이다. 분명 동료의 몸으로도 조금씩 스며들었을 테다. 영주의 멜로디에는 그런 힘이 있었다. 나른한 상태로 이끈 뒤 심연으로 밀어넣어 무력하게 만들고선, 스스로도 알 수 없는, 한 번도 해본 적 없는 생각을 하게 했다.

"어떻게 손봐줬는데?"

"뺏었어. 똑같이."

"멜로디를?"

"소중해서 아끼는 걸."

"멜로디보다 아끼는 게 있어?"

"머리카락."

"머리카락?"

"탈모가 심해. 한 움큼 더 심하게 만들어주고 왔어."

나는 그애의 잘못이 아닐 거란 말은 하지 않았다. 영주가 일부러, 모질게 오래 살아서 당도한 곳이 거기였다. 영주도 굳이 찾으려 했던 건 아니고 닿고 보니 거기였을 것이다. 오래 살아 늙어서 다다른 끝. 늙은 눈으로 맞닥뜨린, 죽음이 기다린다고 믿어지는 곳. 난 이 대화에서 한 가지를 알았다. '뺏었어. 똑같이.' '소중해서 아끼는 걸.' 영주한테 멜로디는 소중해서 아끼는 거였단 걸. 그러나 영주는 늙어서 이른 곳이 자신에게 어떤 가치가 있는지 크게 의식하지 않았고 인정하지 않았다. 무언가와 부딪혀 화학작용을 일으켜야 영주의 눈에 불꽃 형태로 보일 텐데. 그러나 아직은 그 무언가가 무엇인지 나도 모르겠다.

영주가 소중해서 아끼는 자신의 멜로디를 입으로 흥얼거렸다. 동료가 훔쳤다는 그 멜로디인 것 같았다. 죽음의 고리에 이은 죽음의 멜로디. 나는 평상에 드러누워 눈을 감았다. 역시 듣고 있으니 나른해지면서 나도 알 수 없는 생각을 하게 만들었다.

철제 계단으로 또 누군가가 올라왔다. 아버지인가, 하고 돌아보니 재하 오빠였다. 장갑을 낀 것처럼 손이 하얀 재하 오빠가 영주 옆에 앉으려다 얼른 피했다. 담배 연기 때문이었다. 오빠는 숨을 참은 채 손으로 허공을 휘저으며 말했다.

"내가 너 때문에 여기 오고 싶어도 못 와요."

"감이 느리네."

영주가 오빠를 쳐다보지 않고 말했다.

"오빠 못 오게 하려고 피우는 건데."

"내가 왜?"

"시끄럽잖아."

오빠는 담배 연기를 싫어했다. 먼지를 뒤집어쓰고 사는 인생이라 담배 연기까지 마시고 싶지 않아서였다. 호기심으로 이십대 초반에 피운 적이 있는데, 내가 무심코 담배 피우는 남자는 싫다고 한 뒤로 당장 끊어버렸다.

"이 좋은 걸 왜 피하는지."

"오래 살려고 그런다, 왜?"

"오래 살아봐야, 불행을 오래 사는 거야."

평상에서 일어난 영주는 헛물켜지 말라고 돕는 줄 알아, 라고 말하며 오빠 얼굴에 대고 연기를 뿜은 뒤 집으로 들어갔다. 오빠는 평상에 앉아 또 숨을 참았다 내뱉고 말했다.

"아저씨는?"

"아직."

오빠가 기침을 했다. 오빠는 나무 예술가다. 수저, 주걱, 국자, 도마, 쟁반, 전등갓, 에그 트레이, 스툴 등 나무로 만들 수 있는 모든 생활용품을 제작하는 사람이다. 오빠가 만드는 물건들은 얼마나 아름다운 곡선을 지니는지. 나뭇조각으로 창의적이고 감성적인 디자인을 어찌나 잘 구현해내는지. 나무로 할 수 있는 일이 무궁하다는 걸 어렸을 때 오빠네 공방에서 배웠다. 우리 공장과 공방은 비슷한 시기에 생겼다. 그래서 비슷하게 낡고 기울어갔다.

"방금 구청 다니는 친구한테 들었는데."

오빠가 다시 기침을 했다. 영주가 남기고 간 담배 연기 때문이 아니라 나무 가루 때문인가. 오빠 머리에는 나무 가루가 하얗게 내려앉아 있었고, 손가락 지문도 가루가 묻어 희끗했다. 재하 오빠도 자기 나이의 반도 살지 못한 기분일까. 매일 나무를 다듬고 나무 가루를 마시니까. 재하 오빠의 공방도 사막일까. 덥고 먼지가 가득할 테니까. 알고 보면 누구나의 삶은 다 덥고 먼지가 날리는 사막인 것일까.

"우리 건물 뒤쪽에서 광장 앞까지 길이 뚫릴 거래."

"정말?"

나는 눈을 동그랗게 뜨고 오빠 얼굴을 쳐다봤다.

"아니면 좋겠지만 그런 소문이 있나 봐."

"그러면 어떻게 되는 거야?"

"국가에서 하는 일을 무슨 수로 막아. 친구한테 자세히 알아봐 달라고……"

굳은 표정의 재하 오빠가 자리에서 일어나 이층 난간을 짚고 서서 광장을 응시했다. 저 광장을 중심으로 새로운 길이 생기고 마을 구조가 달라지기 시작했다. 앞으로 달라져야 할 게 더 남은 것이다. 바로 흉물스러운 우리집과 재하 오빠 집을 없애는 것. 광장은 역에서 가까워 사람들이 많이 찾는 명소가 되었고, 시 입장에서 우리는 골칫거리였다. 지난봄에는 시에서 유치한 국제 체육대

회가 보름 동안 개최됐는데, 미관상 좋지 않다는 이유를 들어 세련된 도시 풍경이 그려진 대형 가림막으로 우리집을 가려버렸다. 우리는 국제대회가 끝나는 날까지 햇빛을 제대로 보지 못했다. 사람들에게 우리는 감추고 싶은 부끄러운 존재였다.

그때 오빠가 작은 목소리로 중얼거렸다.

"기분 나빠."

재하 오빠가 눈살을 찌푸리며 쳐다보는 건 광장이 아니라 우산씨였다. 이 새벽에 우산씨가 광장으로 들어서고 있었다. 딱, 딱, 딱. 우산 짚는 소리가 광장을 나지막하게 울렸다.

3. 안개 낀 유령도시

나의 잠은 항상 먼 데서 온다.

멀리서 어렵게 찾아온 그것은 손님처럼 짧게 머물다 갔다. 나는 내 잠의 주인인 적이 별로 없었다. '어렵게' 온다는 건 불면증 환자처럼 잠이 잘 오지 않는다는 의미가 아니다. 잠을 잘 수 있는 시간이 간신히 주어진다는 뜻이다. 나는 간신히 주어진 잠자리에서 늙어갔고, 짧은 잠 속에서 나이들어갔다. 이것은 잠이 잠 속에서 쓴 문장. 잠이 문장을 쓴다는 건 지금 내가 졸고 있다는 것. 그리고 곧 깨어나야 한다는 것. 이 까만 잠을 자고 나면 나는 또 하얀 장갑을 짜야만 한다.

눈을 뜨니 바닥에 놓인 그림자가 짙었다. 한 그림자는 쓰러지듯 옆으로 기울어져 있었고, 다른 그림자는 나무처럼 길고 꼿꼿했다.

그리고 맞닿은 두 그림자 위로 둥그렇게 떠 있는 버섯 모양의 그림자. 화들짝 놀라 얼른 몸을 가누었다. 아, 또 기대어 잠들고 말았다. 우산씨 옆에만 앉으면, 우산이 서늘한 그늘을 주면 나도 모르게 나른해졌다. 우산씨는 땀을 많이 흘리고 있었는데, 움직이지 않고 가만히 있으려니 힘든 것이었다. 창백한 얼굴은 더 하얘져 있었다. 무슨 이야기를 하다 잠들었는지 머릿속이 까맸다. 그의 이야기를 듣던 중이었나. 창문의 정서를 공유한 후 나는 우산씨 목소리를 자주 듣게 되었다. 점심을 먹고, 잠깐 쉬는 시간에 공장을 나와 저녁 찬거리를 사서 돌아가던 길이었던 건 기억났다. 원래는 우산 밖에 앉아 있었다는 것도.

"우산씨, 덥지 않아요?"

손등으로 이마와 목덜미를 닦으며 물었다.

"안, 덥습니다."

"이렇게 젖었는데요? 소나기를 맞은 것 같아요."

"매일, 갈아, 입습니다."

매일 갈아입는데도 똑같은 복장인 것은 무언가와의 약속이어서일까.

"그래도 얇게 입어요. 안 그럼, 그때 나처럼 돼요."

세 시간밖에 못 잔 상태로 폭염을 뚫고 광장을 가로지르다 쓰러진 적이 있었다. 햇볕이 정수리로 날카롭게 쏟아진다는 느낌이 들만큼 머릿속이 따갑더니 갑자기 눈앞이 흑백사진처럼 보이기 시작했다. 눈을 감았다 뜨고 손으로 비벼봐도 소용없을 정도로 계속 그러더니, 조금 있다 세상이 밤이 된 듯 아무것도 보이지 않았다. 겁이 나 얼굴을 감싸쥐고 어, 하며 제자리에서 빙그르르 돌던 것을 끝으로 필름이 끊겼다. 결국에는 햇볕이 막대기처럼 나를 찌르고 때려서 넘어뜨리고 말았다. 눈을 떴을 때 나는 그의 시원한 우산 그늘 아래 누워 있었고, 얼굴은 차가운 물에 젖어 있었다. 갑자기 나타나 나와 함께 창문을 올려다보고, 얼굴에 팩을 붙이고 있다 마주본 뒤 세번째 마주봄이었다.

그날 이후 나는 틈날 때마다 우산씨를 찾아가 옆에 앉아서 한두마디씩 건네기 시작했다. 지난번 일은 고마웠어요. 나는 저기 곧주저앉게 생긴, 기울어진 집에 살아요. 매일 우산을 들고 있으면 힘들지 않나요? 나는 매일 장갑을 짜요. 엄마는 오래전에 집을 나갔어요. 장갑을 짜기에 여름은 좋지 않아요. 그렇다고 겨울이 나은 건 아니에요. 봄가을처럼 결핍 없는 계절이 그나마 괜찮아요. 며칠간 우산씨는 말 한마디 없이 내 이야기를 들어주기만 했는데도 이상하게 나는 그의 목소리를 들은 것 같은 기분이었다.

"비가 오면 좋겠어요."

내 말에 그가 우산을 뒤로 젖혀서 하늘을 올려다봤다. 구름 한점이 어렴풋한 느낌으로 떠 있었는데, 깨끗이 닦아놓은 유리창에 누군가 실수로 묻힌 얼룩 같았다. 바람을 타고 깃털이 가볍게 떠다니는 것 같기도 했다. 그래도 저것은 물방울들의 찬란한 미래였고, 미래의 영롱한 빗방울이었다.

"올, 겁니다."

"언제요?"

"내일."

"난 동면 같은 긴 잠을 잘 수 있는 날이 오기를 기다려요."

"올, 겁니다."

"몸에서 파스 냄새가 나지 않는 날을 기다려요."

"올, 겁니다."

기다리는 사람치고 우산씨의 얼굴은 조급해 보이지 않았다. 밀봉하지 않은 편지처럼 언제든 꺼내 고칠 수 있는 느긋함이 엿보였다. 무엇이든, 언제까지든 기다려주마, 하는 그의 지침 없는 표정을 보고 있노라면 괜히 숭고해져서 어떤 것도 불평할 수 없었다. 돈을 버는 건 아니지만 다리도 아프고 땀도 흘려야 하니까 우산씨의 기다림 또한 노동일 것이다. 어쩌면 우산씨의 사막은 내 사막보다 뜨겁고, 노동의 강도는 혹독하며, 대가는 허망할지도 모른다.

"해주씨, 밥 좀, 많이, 드십시오. 너무, 말랐습니다."

"많이 먹어요."

많이 먹는다. 다만 살찔 시간이 없을 뿐이다. 내가 먹은 밥은 몸속에 쌓이거나 녹아들 여유 없이 모두 일하는 데로 빠져나가버렸다.

"아버지가 일어났어요."

내가 큰 목소리로 말하며 가리킨 곳을 우산씨가 쳐다봤다.

"동면이 끝났나봐요."

아버지 방 창문의 보라색 커튼이 한쪽으로 걷혀 있었다.

아버지는 긴 외출에서 돌아오면 하루를 꼬박 잠만 잤다. 빛 한 점 새어들지 않게 방안 커튼을 모두 닫아두고 밥도 먹지 않고 잠을 잤다. 나는 엄마가 사라진 후로 한 번도 자본 적 없고 잘 수도 없는 통잠을 아버지는 아무렇지 않게 그냥 막 자버렸다. 아버지의 잠은 늘 과감했다. 일도 안 하는 아버지는 밥만 많이 처먹는 게 아니라 잠도 많이 처잤다. 한번은 방문을 열고 아버지가 어떤 자세로 자나 살핀 적이 있었다. 몸을 조그맣게 말고 이불을 뒤집어쓴 채 자고 있었는데, 동면하려고 굴을 파고 들어간 게으른 짐승 같은 모습이었다. 둥그렇게 솟은 이불은 무덤 같기도 했다. 몇 시간 후 다시 들여다봐도 그 모양이었다. 가끔은 끙끙 앓기도 했는데 놔두면 그러다 말았다. 그러니까 밖에서 바람을 묻히고 돌아온 아버지는 한번 잠들면 죽은듯 움직이지 않고 푹, 잤다.

아버지가 말도 없이 집을 나갈 때는 엄마를 찾으러 가는 것이었다. 찾으러 가는 것인지 잡으러 가는 것인지 모르겠지만 아버지는 엄마를 봤다는 목격담을 들으면 만사 제쳐두고 고물 자동차를 끌고 나갔다. 거기가 어디든, 며칠이 걸리든 기필코 쫓아갔다. 처음

몇 번은 기차나 버스를 여러 번 갈아타며 돌아다녔는데, 불편하고 시간도 많이 잡아먹어서 그사이 엄마를 놓친 거라 믿게 된 아버지는 용돈을 털어 폐차 직전의 소형 자동차를 샀다. 그래도 뭐, 걸리는 시간은 엇비슷했고 엄마를 놓치는 것도 마찬가지였다. 차 때문에 생긴 여유 시간을 딴 데 쓰는 거 아니야? 일하기 싫어서 혼자 농땡이 피우다 돌아오는 거 아니냐고! 라고 의심했더니 아버지는 그만큼 더 꼼꼼하게 구석구석 찾아다니는 거지, 라며 굉장히 섭섭한 얼굴을 했다.

아버지는 방을 나와 이층 평상에 앉아 있었다. 우산씨를 보더니 비가 오나, 하며 하늘을 이쪽저쪽 둘러보다 깍지 낀 손을 뒤통수에 대고 벌렁 드러누웠다. 할일이 산더미인데. 저럴 때 아버지는 하늘에 홀로 떠 있는 조각구름 같았다. 그늘을 주지 않고 비도 만들지 못하면서 유유자적 흘러갈 줄만 아는 무능한 구름. 나는 우산씨한테 간다는 인사도 없이 벤치에서 불쑥 일어나 장바구니를 들고 집으로 향했다. 우산 그늘을 벗어나자마자 더위가 무섭게 덮쳤다. 그때처럼 세상이 아득해지다 쓰러지는 거 아닐까 겁이 좀 났지만 참아냈다. 이겨내지 않으면 공포는 반복을 거듭하다 병이 되고 만다. 땀을 잔뜩 흘리며 이층으로 올라간 나는 누워 있는 아버지 머리 옆에 장바구니를 퍽 내려놓았다. 안에서 하지감자 한 알이 굴러나왔다.

"편직기 한 대가 자꾸 멈춰. 얼른 내려가서 손 좀 봐."

아버지는 눈을 감은 채 꼼짝도 하지 않았다.

"이번에는 엄마가 어디 있더래?"

귀에 대고 속삭이듯 말하자 아버지가 스프링 인형처럼 벌떡 일어났다. 엄마에 관한 거라면 그것은 무엇이 됐든 아버지를 정신 차리게 했다. 나 또한 엄마 얘기라면 아버지한테밖에 할 데가 없었다. 영주는 '그 여자' 얘기는 꺼내지도 못하게 했다.

"강릉."

아버지가 한쪽 다리를 평상에 올리고 발가락 사이를 집게손가락으로 문지르며 말했다.

"화사한 꽃무늬 원피스 입고 비치 모자를 쓴 네 엄마가 크루즈에 타는 걸 봤대."

하얀 때가 지우개 가루처럼 밀려나와 바닥으로 툭툭 떨어졌다. 그렇게 예쁜 옷에 모자도 쓰고 살면서, 놀러 다닐 만큼 여유로운 생활을 하면서 우리를 보러 오지 않는 게 이해되지 않았다. 돈 많은 남자를 만나 새 시집을 갔더라도, 잘살면 두고 간 불쌍한 자식들이 궁금해서라도 한 번쯤 찾아올 법하지 않나. 오지 않는 건 쪽팔릴 정도로 불행하게 살고 있어서일까.

"부산 자갈치시장에서 고무 앞치마 두르고 대게 팔고 있는 것보단 신분 상승했네."

나는 아버지 옆에 앉으며 말했다.

"혹시 자갈치 아줌마가 멋 좀 부리고 여름휴가차 강릉으로 크루즈 타러 간 걸까?"

"그런가? 그럼, 부산을 다시 다녀와야 하나?"

내 말이 신빙성 있다고 느꼈는지 아버지가 다급하게 눈을 깜빡거렸다.

"어떻게 엄마 닮았다는 사람이 전국 팔방 곡곡에 하나씩 있을까. 엄마가 그렇게 흔하게 생겼나."

나는 고개를 갸웃거렸다. 아버지는 다시 시르죽은 표정을 지으며 손톱 밑에 낀 때를 엄지손톱으로 긁어냈다. 엄마 얼굴을 떠올리려는데 갑자기 생각나지 않았다. 지우개로 눈 코 입을 지운 것처럼 얼굴 윤곽만 겨우 남아 있었다. 시간이 더 지나면 팔다리도 뭉개지고 몸뚱이도 흩어져서 아무것도 기억나지 않을 것 같았다. 진짜 세상에 없는 사람처럼 되어버릴 것 같았다. 그러자 이번에는 내가 다급해졌다.

"엄마 얼굴이 생각 안 나."

"거울 봐. 너랑 똑같이 생겼잖아."

아버지가 엄마 얼굴을 기억해내려고 미간에 힘주고 있는 나를 똑바로 바라봤다.

"넌 엄마를 닮았고, 영주는 나 판박이지. 그래서 일은 안 하고 밥만 많이 처먹나."

아버지는 발을 문지른 손가락을 콧구멍에 쑤셔넣고 마구 휘저었다.

"많이 늙었겠지."

내가 미간을 펴며 말했다.

"그래도 여전히 예쁠 거다."

아버지는 코를 판 손가락을 평상 다리에 닦았다. 엄마가 집을 나간 건 아버지가 추잡해서인지도 모른다.

아버지가 돌아온 걸 공장 앞에 세워진 고물 차를 보고 알았는지 재하 오빠가 찾아왔다. 양손은 공방에서 만든 생활용품들로 가득했다. 우리가 쓰는 부엌 용품과 생활소품은 모두 재하 오빠 공방에서 온 것이었다. 오빠는 평소 꼼꼼하게 우리 살림을 살펴두었다 오래 써서 바꿀 때가 된 물건이 보이면 따로 챙겨놓은 하자품을 가져다주었다. 흠집이 약간 났을 뿐 쓰는 데 아무 지장 없고 아름다움에도 전혀 문제가 없는 제품들이었다. 재하 오빠의 작품은 우리집 어디를 가나 눈에 들어왔다. 부엌에서 칼질을 하고 밥을 푸고 국을 뜰 때도, 계란말이를 하려고 냉장고에서 계란을 꺼내는 틈에도, 거실에서 차를 마시는 시간에도, 방으로 들어가 전등을 켜는 순간에도, 욕실 거울을 보며 화장지를 푸는 동안에도. 영주는 그걸 두고 재하 오빠의 꿍꿍이라고 말한 적이 있다. 인심 쓰듯 공짜로 하자품을 주는 척하지만 우리집을 야금야금 지배해 자기 생각을 하게 만들려는 거라고. 완전히 틀린 말도 아닌 게, 오빠가 만든 소품들을 볼 때마다 오빠 생각이 저절로 나곤 했다. 밥은 먹었나, 요즘도 잠을 통 못 자나, 톱질하다 다치지는 않았나. 매번 받기만 하는 게 미안해서 우리도 장갑을 주고 싶었지만, 장갑을 끼면 감각이 무뎌져 세밀한 가공을 할 수 없는지라 우리 장갑은 오빠에게 큰 쓸모가 없었다.

도마가 갈라지고 곰팡이도 슬어서 못 쓰겠더라고 말하며 들고 온 소품을 건넨 재하 오빠가 평상에 앉았다. 그러고는 지난번 나한테 한 얘기를 아버지에게 다시 들려주었다.

"나도 그 얘기 들었다."

아버지가 말했다.

"어쩌죠?"

"사실이든 아니든 이참에 소문이나 더 났으면 좋겠다."

"왜요?"

"소문나면 당분간 주민들이 안 찾아올 게 아니냐. 가만히 둬도 구청에서 곧 없애줄 집들이라고."

심란해졌는지 복잡한 표정의 아버지가 평상에서 일어나 편직기를 손보러 내려갔다. 재하 오빠도 몸을 일으키더니 얼마 전 새벽처럼 두 팔로 난간을 짚고 서서 우산씨를 쳐다봤다.

"우산 저놈 때문이야."

재하 오빠가 갑자기 그렇게 말해서 뭐가? 라고 물으며 오빠 옆으로 가 섰다.

"아무래도 저놈하고 길이 난다는 소문이 연관 있는 것 같아. 구청 직원 아니면 구에서 고용한 용역인지도 몰라. 정책입안자나 도시 개발자여서 우산으로 신분을 가리고 여기저기 돌아다니며 주민들이 하는 얘기를 엿듣는지도. 그리고 그걸 윗선에 보고하는지도. 하여튼 여러모로 수상해. 한여름에 저 옷차림은 뭐고, 비도 안 오는데 우산은 왜 쓰는데? 저게 대체 무슨 짓일까? 조현병인가."

"아니야, 그런 거."

오빠가 내 쪽으로 고개를 돌렸다.

"아까 같이 있던데, 해주 너도 당분간 조심해라. 가까이 가지도 말고. 내가 여기저기 알아보는 중이니까."

"뭘?"

"정체가 뭔지, 왜 저러고 다니는지. 넌 안 궁금해?"

궁금하지만 그렇다고 일부러 알아내고 싶지는 않았다. 말 못할 속사정이 있겠지 싶었다. 나는 아무 말도 하지 않고 아까 우산씨 어깨에 기대어 졸았을 때의 느낌을 떠올렸다. 조심하지 않고 가까이 갔던 순간을. 그리고 사막 한가운데서 그가 지금 행하고 있는 노동의 숭고함을.

그때 영주가 철제 계단을 타고 올라왔다. 우리 옆에 선 영주가 전자 담배를 꺼내 피우며 말했다.

"오빠, 나랑 내기할래?"

재하 오빠는 영주가 뿜어내는 담배 연기를 피해 내 옆으로 두 걸음 다가섰다.

"무슨 내기?"

"저 우산을 누가 먼저 접게 하나. 단, 때려눕히거나 뺏어서 접는 건 반칙. 스스로 접게 하기."

"어떻게 그러냐?"

"『바람과 햇님』이란 동화 몰라?"

"해를 쬐어주자는 거야?"

"쬐어주는 방법도 여러 가지가 있겠지."

재하 오빠는 내기를 할 것인지는 말하지 않고 팔짱을 낀 채 우산씨만 쳐다봤다.

오랜만에 셋이 창고 방에 모여 일을 했다. 영주와 나는 포장을 했고 아버지는 불량 난 면장갑에 약품을 찍어 발랐다. 장갑에서 불량이란 편직기가 코를 빠뜨려서 구멍이 생기는 경우를 말한다. 그 부분에 특수 약품을 발라 손으로 집어주면 구멍이 감쪽같이 메워진다. 방안에는 오늘 중으로 포장을 마쳐야 하는 장갑이 산더미처럼 쌓여 있었다. 장갑 위에 장갑이 켜켜이 올려진 모습은 뭔가를 다지거나 결속하려고 사람들이 손을 한데 모으는 장면을 연상시켰다. 나는 일손이 부족할 때마다 저 장갑이 나를 돕기 위해 모여든 선한 손이었으면 좋겠다는 상상을 했다. 내 말에 영주는 아무짝에도 쓸모 없는 상상은 해서 뭐하냐고 냉소했고, 아버지는 미안하다, 이 손모가지가 도움이 안 돼서, 라고 말만 그렇게 했지 정작 미안한 표정은 아니었다.

창문 두 개가 활짝 열려 있고 선풍기가 돌아가는데도 방안은 찜통이었다. 빨갛게 익은 얼굴 위로 땀이 흘러내렸다. 아버지가 일하다 말고 비가 오려는지 좌골신경통이 도졌다며 바닥에 벌렁 드러누웠다. 그 틈에 영주도 자리에서 일어나 창밖으로 얼굴을 내밀고 담배를 꺼내 물었다. 영주가 신경통에는 담배가 특효약이라며 한 모금 권하자 아버지가 말했다.

"난 전자는 안 피운다."

"왜."

영주가 담배를 빨며 시니컬하게 물었다.

"해롭잖아. 가짜고."

"그러니까 피우라는 건데. 아버지도 오래 살아봤자……"

"무슨 소리냐? 난 오래 살 거다!"

"놀고들 있네."

한마디 안 할 수가 없었다.

파스 붙인 손목과 어깨가 시큰거려 나도 좀 쉬려고 자리에서 일어나 창밖을 내다봤다. 창틀에 낀 먼지 냄새가 올라왔고 생각들이 겹치고 겹쳐 주름을 이루었다. 놔두면 시름이 될 것 같아 고개를 흔들고 앞을 응시했다. 비가 오려고 신경통이 도졌다는 아버지의 말은 거짓말이었다. 밖에는 안개가 자욱하게 끼어 있었다. 안개는 바닥으로 떨어지지 않고 허공을 떠다니는 물방울이지만, 내일 비가 오지 않으리라는 예보였다. 밤안개 때문에 가로등 불빛은 파스텔로 칠한 뒤 문지른 것처럼 은빛으로 몽롱하게 번져 있었다. 우산씨는 세계가 피우는 담배 연기 같은 안개에 잠긴 채 꾸벅꾸벅 졸았다. 얼굴은 보이지 않지만 우산이 한 번씩 기울어지는 걸로 보아 많이 피곤한 모양이었다. 저러다 우산을 놓치는 거 아닌가 싶었으나 다행히 그런 일은 일어나지 않았다. 담배를 다 피운 영주가 뒤돌아 내 쪽 창문으로 건너왔다. 입안에 연기를 한 모금 담고 와서 후, 하고 뱉어냈다. 연기가 공기 속으로 퍼지자 무엇이 안개이고 어디까지가 연기인지 구분되지 않았다.

"저 아저씨, 오늘은 퇴근이 늦네. 우리처럼 야근인 건가."

영주가 손바닥에 턱을 괴며 입술 끝을 삐딱하게 당겨 올렸다. 여름이지만 안개 낀 광장은 으스스해서 우산씨 말고는 아무도 없었다.

"유령도시에 사는 유령이 따로 없네. 뭐, 진짜 유령일지도 모르지. 몇몇 사람들 눈에만 보이는."

영주가 우산씨를 안개 찬 침울한 눈으로 쳐다보며 중얼거렸다.

"몇몇?"

내가 물었다.

"언니나 나나, 사는 게 고달픈 인간들."

"아버지도 보이는 것 같던데."

46

"나름 고달픈가보지."

"설마."

자는 줄 알았던 아버지가 우리 뒤에서 자랑스럽게 말했다.

"나도 보인다, 저 인간."

우산씨가 언제부터 광장에 나타나기 시작했는지 아는 사람은 없었다. 며칠 됐다고도, 몇 달 됐다고도, 작년부터 종종 보였는데 최근에는 매일 나타난다고도 하는 등 사람마다 기억하는 바가 달랐다. 아마 우산씨가 어느 날 갑자기 사라지더라도 사람들은 신경 쓰지 않을 것이다. 신기하게 쳐다보면서도 금방 잊어버렸듯이 나중에 그가 없어져도 그런 사람이 있었나, 하며 머릿속이 가물거릴 것이다.

"우산씨가 기다리는 건 뭘까?"

가늘고 촘촘한 안개 속으로 손을 뻗으며 나는 혼잣말하듯 물었다.

"비일까?

안개는 더 짙어졌고, 우산씨는 더 희미해졌으며, 나는 계속 혼자서 중얼거렸다.

"사람일까?"

안개는 아무리 해도 잡히지 않는데 잡은 것처럼 손바닥이 차가워졌다.

"사랑일까?"

안개는 순식간에 속이 하얀 주머니 안으로 마을을 집어넣었다.

"평화일까?"

그때 우산이 느린 속도로 검실검실 떠올랐다. 마치 물기를 머금은 버섯이 쑥 상승하며 자라듯이.

"나머지 우산, 기다리는 사람을 위한 걸까?"

나의 혼잣말에 영주가 뒤늦게 대답했다.

"절망을 기다리는 거야."

영주다운 대답이라고 생각했다. 뒤이어 절망이란 건 애써가며 친절하게 기다리지 않아도 된다고 늙은 영주가 말했다. 집에 가만히 누워만 있어도 때 되면 알아서 잘 찾아오는 게 그거라고. 가끔은 그럴 시점이 아닌데도 오고, 너무 자주 와서 곤란하기도 피곤하기도 하다고. 그것은 절대 주소를 틀리지 않고 길치도 아니라고. 매달 꼬박꼬박 집으로 날아오는 고지서 같은 거라고도 할 수 있다고. 납부액에 적힌 절망 값은 깎아주거나 대납해주는 법도 없어서 제때 납부하지 않으면 연체되어 더 큰 액수로 돌아온다고.

"시간이 가는 걸 기다리는지도 모르지."

그러고는 영주가 덧붙여 말했다.

"고통이 가는 걸."

우산은 물안개를 헤치며 바다를 떠다니는 외로운 돛대처럼 둥싯둥싯 움직였다. 안개는 모든 것을 창백한 그림자로 만들어버리는 재주가 있었다.

"너의 고통은 갔니?"

내가 물었다.

"간 만큼 또 와. 결코 벗어날 수 없어, 인간은."

영주는 자기한테 고통은 회전목마처럼 빙글빙글 돌아 당도한다고 말했다. 목마의 형태와 색깔, 높낮이만 달리할 뿐 절대 멈추지 않는다고. 그사이 우산은 끝을 알 수 없는 안개 숲 속으로 사라져버렸다. 우산 꼭지가 보도블록을 짚는 소리도 그 안으로 같이 잠겼다. 영주의 논리대로라면 시간은 곧 고통이므로, 시간이 멈추지 않는 한 고통도 끝나지 않는다는 것이다. 아무리 발버둥쳐도 빠져나오지 못한다는 것이다. 그 사실이 무섭고 싫었다.

등뒤에서 들리는 선풍기 돌아가는 소리 틈새로 아버지 코 고는 소리가 끼어들었다. 아버지의 게으름도 끝나지 않았다. 영주마저 안개가 멜로디를 몰고 온다며 이층으로 올라가버리자 나와 안개만 남았다. 어두운 안개 숲을 홀로 걷고 있을 우산씨는 지금 나처럼 외로울까. 나만큼이나 무서울까. 안개는 물방울이 허공에 적어내려간 희미하고 어렴풋한 이야기. 그 이야기 속으로 들어가면 모두가 똑같이 모호해지지. 우산을 쓰든 쓰지 않든.

몰려든 안개에 갇혀 길은 순식간에 사라져버렸고, 진짜 유령도시가 된 것처럼 아무것도 보이지 않았다.

4. 소설의 첫 페이지

민원이 접수됐다는 구청의 연락을 방금 또 받았다. 올여름에만
벌써 아홉번째였다. 공장 뒤편의 아파트와 빌라에 사는 사람들일
터였다. 편직기 돌아가는 소리 때문에 시끄러워 잠을 잘 수 없다
고, 공장에서 날아온 실 먼지 탓에 목이 아프다고들 했다. 창문을
닫고 지내는 계절에는 덜했지만 여름이 되면 어김없이 불만이 폭
주했다. 소음과 먼지가 날아가지 못하도록 편직실 문을 닫아두어
도 한계가 있었다. 편직기를 거의 온종일 가동하는데다, 새벽에는
소음이 고요한 공기를 민감하게 자극해 몇 배로 부풀었다. 한편
먼지는 소음과 달리 가둬둔다고 사라지는 물질이 아니었다. 쌓인
먼지를 처리하려면 공장도 환풍기를 마냥 꺼둘 수 없었다. 생활소
음과 미세먼지가 중요한 이슈가 되다보니 사람들이 전보다 예민

하게 반응하는 측면도 있었다. 과거에도 소음은 존재했고, 미세먼지 농도는 지금과 별반 차이가 없었다는데. 공장에 직접 찾아와 화를 내는 사람이 준 대신 공공기관을 통해 정식으로 민원을 넣어 불만을 드러내는 것도 달라진 풍경 중 하나였다.

아버지는 이게 다 개발 붐 때문이라고 했다. 생각해보면 개발 붐이 일기 전에는 눈치보지 않고 공장을 돌렸다. 이웃 간에 '이해'가 있었던 것이다. 아버지는 그때는 '좋은 게 좋은 거'라는 너그러움이 넘쳐나던 시절이었다고 회상했다. 개발 붐은 내게 창문의 정서를 주었지만 대신 공장을 사막으로 만들어놓았다. 삶이란 이래서 아이러니하다. 어느 한쪽이 좋다고, 나쁘다고 말할 수 없는 것이다. 아버지는 먼지와 소음은 핑계일 뿐이고 그들의 진짜 속셈은 집값 떨어뜨리는 흉물을 마을에서 쫓아내려는 거라고 말하며 얼굴을 붉혔다.

영주와 내가 포장한 장갑을 트럭에 실었다. 이번 납품만 마치면 사흘 정도 여유가 생긴다. 여름은 장갑을 짜기에 좋지 않지만 상대적으로 장갑을 덜 찾는 계절이라서 편직기를 몇 대만 돌리는 달콤한 날이 중간중간 찾아왔다. 파스를 붙이지 않아도 되는 그 시간이 내게는 휴가나 마찬가지였다. 그동안 농땡이 부린 게 찔렸는지 아버지와 영주가 자진해 트럭에 올라탔다.

"우리 해주는, 오늘 푹 쉬어."

아버지가 조수석에 앉아 안전벨트를 매며 말했다. 인심 쓰는 듯하지만 납품 마치고 고깃집에 들러 둘이 삼겹살에 소주 한잔 하려는 것이다. 혼자 가도 되는데 영주를 대동하는 건 오늘은 허리띠 풀고 진탕 마시겠다는 뜻이었다. 나는 술을 안 하니 데려가봤자 안주만 집어먹을 테고, 술값 많이 나온다고 잔소리만 해대니까 떼어놓고 가려는 수작이었다. 나는 알면서도 속는다.

장갑을 잔뜩 실은 트럭이 기우뚱거리며 갈라진 아스팔트 길을 달렸다. 점점 작아지며 찌그러지는 모습이 나로부터 멀어져서가 아니라 끓어오르는 아지랑이 속으로 타들어가서인 것 같았다. 오늘은 기상관측 이래 낮 기온이 최고치를 기록했다는 날이었다. 지친 내 몸도 피곤으로 녹아내리고 있었다.

그럼에도 나는 집으로 곧장 들어가지 않고 광장을 바라봤다. 구름 한 점 없이 메마른 하늘에서 노란 햇빛이 지상으로 쏟아지며 문드러졌다. 그걸 쳐다보는 내 눈알도 작열하는 듯했다. 너무 뜨거워서 불안이나 징그러운 걱정도 저기 두면 모두 사라질 것 같았다. 그늘 한 조각 없이 햇볕이 고인 광장 중앙은 그야말로 전기 프라이팬이었다. 우산씨의 사막. 저기가 사막이 아니면 어디가 사막일까. 그러나 내 사막과 반대로 그의 사막은 너무나 고요했다.

우산씨는 느티나무 아래 벤치에 앉아 책을 보고 있었다. 한 페이지에 글자가 많이 들어 있지 않은 책인데도 책장은 잘 넘어가지 않았다. 같은 곳을 반복해서 읽는 모양이었다. 어쩌면 외우는 중이거나 그냥 들고만 있는 건지도 모르겠다. 그를 처음 본 사람들은 우산을 쓴 채 책을 읽는 우산씨를 이상하다는 듯 쳐다봤다. 마른 체형에 키가 큰데다 낯빛까지 창백한 우산씨는 눈에 너무 띄었으니까. 비도 안 오는데 우산을 쓰고 있어서 더욱. 그러나 자주 봐온 사람들은 아무렇지 않게, 아무것도 아니라는 듯 시큰둥한 표정으로 그를 지나쳤다. 더는 이상한 광경이 아닌 것이다. 어느새 우산씨는 그들의 일상과 광장의 부속물이 되어 있었으니까. 심지어 어떤 이의 눈에는 그가 보이지도 않는 듯했다. 그러거나 말거나 우산씨는 자신의 사막에서 자기 일을 하며 지냈다.

나는 사막으로 들어갔다. 우산씨의 사막으로 들어가는 일은 내 삶을 위안하는 방법이었다. 걸음을 내딛자 위안이 될 만큼 발바닥이 뜨거워졌다. 그림자마저 태양에 타서 재가 될 것 같았다.

우산씨는 나무 의자처럼 각을 잡고 앉아 있었다. 얼마나 자세가 꼿꼿한지 접힌 곳마다 각도기를 대면 아마 구십 도가 나올 것이다. 나는 조용히 우산씨 옆으로 가서 앉았다. 그러나 우산 때문에 바짝 붙어앉지는 못했다. 바짝 붙으면 우산살 끝에 몸이 찔렸다. 그와 나 사이에 우산 하나만큼의 간격이 벌어졌고, 우산이 있는 한 그것은 변치 않는 간극이자 불편이었다. 가까이 다가가지 못하게 하는 그 간극과 불편을 없앨 방법은 우산씨가 우산을 접거나 내가 우산 안으로 들어가는 것이었다. 혹시 우산씨는 사람들의 접근을 막고 그들과 거리를 유지하기 위해 우산을 필요로 하는 걸까. 내 생각이 맞는다면 그 간격을 지키려는 이유는 뭘까. 반대로 우산 안으로 들어와 그 틈을 좁혀보라는 뜻이라면. 그때 우산씨가 내게 우산을 씌워주며 옆으로 바짝 붙어앉았다. 아, 방법이 하나 더 있다는 걸 잊고 있었다. 우산씨가 내게 다가와 우산을 씌워주는 것. 우산씨의 행동은 자기 영역을 공유하겠다는 뜻 같았다. 우산씨는 다른 사람한테도 이렇게 우산을 씌워줄까? 고개 들어 우산씨의 얼굴을 빤히 쳐다봤다. 이마와 귀가 붉다고 알려주자 그가 말했다.

"오늘은, 무척, 덥습니다."

물에 불린 라이스페이퍼처럼, 땀에 젖은 그의 흰 와이셔츠 속으로 살갗이 비쳤다. 나는 더워서 그런 게 아니었으면 좋겠다고 생각했다. 우산씨가 손바닥만한 책을 덮었다.

"우산씨."

나는 그를 가만히 불렀다.

"혹시 유령이에요?"

우산씨의 눈썹이 위로 올라갔다 내려왔다. 영주 말대로 우산씨는 유령이라서 사는 게 고달픈 사람들 눈에만 보이는 걸까. 고달픔의 정도가 너무 커서 내게는 이토록 자주 선명하게 보이는 걸까. 그는 다른 물질이라 더위도 이겨내고, 시선도 물리치고, 창문의 정서까지 이해해주는가. 다른 세계에 살아서 사람들은 그를 보더라도 금방 잊어버리고 나중에는 신경쓰지 않는가. 다르게 희한

해서 취급도 하지 않는가.

"해주씨는, 내가, 유령이면, 좋겠습니까?"

우산씨가 느린 말투로 물었다.

"상관없어요. 뭐든."

"상관없다니, 상관 않겠습니다."

그리고 우산씨는 앞을 응시했다.

"오늘부터 사흘 동안은 일이 많지 않아요. 그래서 아버지랑 영주는 술을 마시러 갔어요. 난 몸에 해로운 건 안 해요. 가끔 술 담배를 하고 싶은 생각도 들지만 정신을 차리고 있어야 해요. 한 사람은 정신을 바짝 차려야 무너지지 않아요. 몸에 가장 나쁜 건 과로지만요."

비둘기 한 마리가 모가지를 넣었다 빼며 우리 앞을 무심하게 지나갔다.

"잠을 실컷 잘 수 있는 날만 손꼽아 기다리는데도 막상 시간이 생기면 이상하게 잠이 오지 않아요. 쉬는 것도 쉬어본 사람이나 잘 쉬나봐요. 아버지랑 영주만 봐도 그래요."

비둘기가 뒤뚱거리며 다시 돌아오더니 우산씨를 빤히 쳐다봤다. 비둘기도 사는 게 고달픈가.

"오늘은 더우니까 시원한 데 가보려고요."

내가 벤치에서 일어나자 우산씨도 덩달아 일어났다. 그러고는 집까지 같이 걸으며 볕이 닿지 않게 우산을 씌워주었다. 방으로 올라가 소지품을 챙긴 후 자전거를 끌고 나왔는데 그때까지도 우산씨는 집 앞에 우두커니 서 있었다. 의아해하는 나를 쳐다보며 그가 말했다.

"오늘은, 덥습니다."

"우산씨도 시원한 데 가고 싶어요?"

"무척, 덥습니다."

"그사이에 기다리는 게 오면요?"

"안, 올 겁니다."

우산씨가 대로 건너편을 마른 모래 같은 눈빛으로 일별하며 말했다. 우산씨는 오지 않을 거란 걸 알면서도 기다리는 것일까.

"좋아요, 그럼. 자, 타요."

자전거 짐받이를 손바닥으로 탁탁, 두드리며 내가 말했다.

"무겁습니다."

그는 당황한 표정이었다.

"영주도 태웠어요. 어서요."

안장에 앉으며 내가 거듭 재촉했다.

"괜찮다니까요. 저 운전 제법 잘해요. 믿어도 돼요."

망설이던 우산씨가 마지못해 긴 다리를 다소곳이 모으고 뒤에 앉았다.

"허리, 꽉 잡아요."

우산씨가 한 손으로 우산 두 자루를 들고 다른 한 손으로 허리

대신 내 옷자락을 살며시 잡았다. 당겨진 옷이 파스 붙인 어깨를 짓누르는데도 아프지 않았다.

우산씨와 나는 시원한 데서 휴가를 보내려고 폭염 속을 달렸다. 우산이 햇볕을 가려줘서 눈은 안 부셨고 어두운 그늘은 청량했다. 시원함에 인색한 한여름, 우산 밑은 그늘의 기쁨을 알게 해주었다. 그 덕에 피곤도 잠시 마비되었다. 우산씨는 진짜 유령인 걸까. 생각보다 무게가 느껴지지 않아서 뒤를 돌아보니 우산씨가 긴장한 듯 눈을 동그랗게 뜨고 있었다. 나보고 너무 말랐다더니 우산씨도 못지않게 말랐다.

여름 도서관은 시원했다. 무엇보다 도서관은 소설을 공짜로 읽게 해주었다. 그러나 갖게 해주지는 않았다. 나는 소설책을 가질 만한 형편이 못 되었고, 가져도 끝까지 읽을 시간이 없어서 가끔 도서관에 들러 소설 첫 페이지만 노트에 옮겨 적었다. 아무리 궁금해도 다음 페이지로 책장을 넘기지 않았다. 보면 계속 읽어야 하는데, 내겐 그럴 만한 여유가 없었다. 사실 문장을 옮길 때마다 다음 장을 보고 싶을까봐 겁도 났다. 어떤 소설은 첫 페이지로 충분했고, 어떤 소설은 첫 페이지가 다음 페이지로 유인했다. 그래도 나는 유혹에 넘어가지 않았다. 적어온 문장을 집에서 다시 읽었을 때 도서관에 두고 온 다음 페이지가 자꾸 생각나면 그때야 책 전체에 휴식 시간을 내주었다. 사실 통통 붓고 마디가 시큰거리는 손으로 볼펜을 오래 쥘 수 없어서 첫 페이지밖에 베껴오지 못하는 것이기도 했다. 소설이 다음 페이지로 유혹하고 안 하고를 떠나 나는 모든 책의 첫 페이지를 좋아했다. 몰려드는 여러 가지 감정과 어려움을 극복하고 글쓰기를 시작한 작가의 페이지가 아닌가.

우산씨는 내 옆에 앉아 자신의 작고 가벼운 책을 읽었다. 소설보다 줄거리 없는 그 책이 우산씨한테는 잘 어울렸다. 조각난 문장으로 채워진 그 책은 광장에서 무언가를 기다리며 읽기에도 좋았다. 모든 페이지가 첫 페이지이자 마지막 페이지인 책. 시작이 끝이고 끝이 시작이어서 끝도 시작도 없고 끝과 시작이 어딘지도 알 수 없는 책. 기다려도 바라는 건 오지 않고 언제까지 기다려야 하는지도 알려주지 않는 기묘한 책이라고 나는 생각했다.

필사를 막 마쳤을 때 아까부터 우리 쪽을 주시하던 도서관 직원이 책상으로 조심스레 다가왔다. 잠시 머뭇대더니 우산을 가리키며 접어달라고 우산씨의 귀에 대고 조용히 부탁했다. 이에 우산씨가 대답했다.

"접을 수, 없습니다."

그의 목소리는 생각보다 단호했다.

"방해가, 되지, 않습니다."

그는 스스로 자기 우산을 변호했다.

"시끄러운, 물건이, 아닙니다."

"신경 쓰이는지 다들, 쳐다봐서요."

직원이 소곤대는 목소리로 말했다. 나는 우산씨를 쳐다보는 사람들을 구경하기 위해 주변을 두루 살폈다. 사는 게 다들 고달픈가.

"다치게, 하지, 않습니다."

열람실은 커서 우산 정도는 쓰고 있어도 괜찮았다. 그리고 우산씨는 사람들에게 피해를 주지 않기 위해 앞서 생각하고 행동하는 사람이었다. 지나다닐 때 우산이 조금이라도 사람들 몸에 닿거나 스칠까봐 먼저 비켜섰고, 그럴 수 없을 때는 팔을 최대한 높이 쳐들었다. 우산을 쓰고 들어갈 수 없을 것 같은 데는 들어가지 않았고, 들어오지 못하게 하는 데도 들어가지 않았다.

그의 완강한 태도에 직원이 난감한 표정을 지으며 돌아가자 나는 잠이 왔다. 소설을 펼치면 이내 잠이 쏟아져서 완독하고 싶어도 그러지 못했다. 이래저래 나는 어차피 첫 페이지밖에 읽을 수 없는 사람인지도 모르겠다. 잠시 눈을 붙이려고 노트에 뺨을 갖다 댔다. 자기 책에 시선을 고정하고 있는 우산씨가 보였다. 도서관은 시원한데 우산씨의 이마와 귀는 여전히 붉었다. 눈이 스르르 감기자 그가 우산을 기울여 형광등 불빛을 가려주었다. 어둡고 아늑한 게 사적인 방 같았다. 그는 하루 중 가장 무더운 시간을 실내에서 무덥지 않게 보내고 있었다. 조금이라도 다른 날보다 덜 힘들었을까. 이것으로 오늘 치 내 피로도 종결되길 바라며 눈을 감았다. 에어컨 바람이 식힌 찬 공기에서 옅게 파스 냄새가 났다.

얼마나 깊이 잤는지 일어나보니 노트에 침이 흥건했다. 심혈을 기울였을 작가의 첫 문장이 젖어서 쭈글쭈글해져 있었다. 아마 코도 골았을 것이다. 나와 눈이 마주친 우산씨가 느린 한숨처럼 눈을 깜빡이며 말했다.

"난, 아무것도, 모릅니다."

"상관없어요. 우산이 가려주었으니까요."

종결까지는 아니지만 시원한 데서 코를 골며 잤더니 피로가 조금 누그러졌다.

집으로 돌아가는 길은 해가 져서 그렇게 덥지 않았다. 걷기에 적당해서 나는 자전거를 끌었고, 내 옆에 바짝 붙어선 우산씨는 우산으로 바닥을 짚으며 평소대로 걸었다. 우산씨의 속도에 맞추다보니 내 발걸음은 한없이 느려졌다. 시간을 아껴 장갑을 한 켤레라도 더 포장하려고 자전거로 쏜살같이 달리기만 하던 길을 이토록 느리고 여유롭게 걸어보기는 처음이었다. 나는 도시 풍경을 한 묶음씩 쳐다보며 발을 사뿐히 뗐다. 시원한 도서관에서 책을 읽는 것보다 이것이 진짜 휴가를 즐기고 있다는 기분이 들게 했다. 수십 번 오갔던 거리가 자꾸만 이국적으로 느껴졌고, 간판의 글씨는 똑같은 모양이 하나도 없다는 걸 발견했으며, 노을은 눈을 깜빡거리는 사이에도 끊임없이 빛깔을 바꾼다는 사실을 알게 되었다. 그리고 걸을수록 마음에 해당하는 부근이 물기로 차오른다는 것도. 이 모든 게 단지 천천히 걷고 있기 때문만은 아닐 거라고 나는 생각했다.

"비 오는 날 엄마는 한 번도 우산을 들고 학교에 마중나온 적이 없었어요."

우산씨는 내 얘기를 가만히 들어주었다.

"바빴거든요. 오버로크 치느라."

"……"

"집에 멀쩡한 우산도 잘 없었어요. 살 끝 천이 더펄더펄 찢어져 있거나, 이상하게 우산살은 꼭 한 군데 이상 부러져 있었어요. 그나마도 우산 개수는 늘 식구 수보다 모자랐어요."

"……"

"초등학교 3학년 때였어요. 태풍이 분 날이었는데 집에는 우산이 한 개뿐이었어요. 정확히 말하면 양산이었어요. 물론 살 끝은 찢어져 있고 우산살은 두 군데나 꺾여 있었어요."

그날을 떠올리면 아직도 오른쪽 어깨가 비에 젖은 것처럼 시큰거렸다.

"영주와 나는 그 작은 양산을 붙들고 학교에 갔어요. 그런데 비바람에 한 번씩 뒤집혀서 쓴 의미가 없을 정도로 옷이랑 가방이 다 젖어버렸어요. 하필 그때 담임을 만났어요."

"……"

"그날부터였던 것 같아요."

우산씨의 걸음걸이는 더 느려졌고 내 걸음 또한 그러했다.

"나를 대하는 선생님의 태도가 달라진 게."

나는 뭔가를 잘못한 사람처럼, 원래는 하얬으나 지저분해진 운동화에 시선을 두며 말했다.

"똑같은 잘못에도 다른 아이들보다 심하게 꾸짖었어요. 눈길조차 주지 않았어요."

"……"

"우산 하나로 그럴 수 있는 시대였고, 우산 하나 때문에 그럴 만한 사람이었어요. 그래서……"

우산씨가 멈칫하며 나를 쳐다봤다.

"그런 고장난 우산을 쓰느니 비를 쫄딱 맞고 다니는 편이 낫다고 생각하게 됐어요."

"……"

"나중에는 비가 안 왔으면 좋겠다고 생각했어요."

"……"

"내 우산이 생길 때까지만요."

"지금도, 그렇게, 생각합니까?"

우산씨가 걸음을 멈추며 고요한 목소리로 물었다. 사방이 어두워지는 가운데 그의 눈빛이 금성처럼 반짝였다.

"아니요."

다시 걸으며 나는 고개를 가로저었다.

"비가 오면 좋겠어요."
"올, 겁니다."

비가 오면 좋겠다.

비가 오면 빗소리에 묻혀 편직기 돌아가는 소리가 덜 들릴 것이다. 비가 오면 실 먼지가 가라앉을 것이고, 비가 오면 실이 끊어지지 않아서 편직기는 코를 빠뜨리지 않고 장갑을 짜낼 것이다. 비가 많이 오고 또 자주 와서 올여름만 무사히 버티면 금방 창문을 닫아두는 계절이 될 것이고, 소음과 먼지는 이웃 주민한테 피해를 덜 입힐 것이다. 그러다보면 또 금세 한 해가 지나갈 테고, 그사이 장갑을 열심히 짜면 대출금 갚고 공장을 옮길 만큼의 돈도 마련할 수 있을 것이다. 직원을 두면 내 일과 피로는 여기서 조금 줄어들 것이고, 어깨에 파스를 붙이지 않아도 되는 날들이 이어질 것이다. 그리고 비가 오면, 우산씨는 다른 사람들과 똑같이 평범하고 자연스러워져서 누구의 눈에도 띄지 않을 것이고 구별되지도 않을 것이다. 구별되지 않으면 차별받지도 않을 것이다. 그러니, 비가 오면 좋겠다.

비가 오면 좋겠어서 집으로 가지 않고 광장 벤치에 앉아 있었다. 우산씨는 돌아가고 나만 남았다. 해가 져서 광장에 사람들이 많았지만 우산씨가 없는 광장은 텅 빈 것처럼 느껴졌다. 그때 내 머리 위로 그림자가 드리워졌다. 반가운 마음에 돌아보자 재하 오빠가 부채를 든 채 환하게 웃고 있었다. 오빠가 내 옆에 앉아서 부채질을 해주었다. 부채가 움직일 때마다 노동으로 다져진 오빠의 팔근육이 꿈틀댔다. 해가 져서 그럴까. 재하 오빠가 가져오는 바람은 시원하기보다 서늘했다. 우산씨가 만들어주던 바람 없는 우산 그늘이 내게는 더 상쾌한 느낌이었다. 누군가와 벤치에 나란히 앉아 있는데 머리 위가 뻥 뚫린 듯 아무것도 없어서 왠지 허전했다.

가로등이 켜지고, 네모진 창문들도 하나씩 불을 밝히자 우리집과 재하 오빠 집만 어둠 속에 갇힌 듯 보였다.

"있지 오빠, 나는 저 집이 날 죽일 것만 같은 생각이 자꾸 들어."

재하 오빠가 아득한 눈빛으로 두 집을 응시했다.

"너무 낡긴 했지. 이참에 이사를 진지하게 고민해보는 게 나을까?"

오빠는 걱정스러운 목소리로 말했지만, 아직은 뾰족한 수가 없는 듯 곧바로 고개를 저었다. 오빠도 구청을 통해 민원을 받고, 소음과 먼지에 대한 주민들의 불만을 들으며 지내고 있었다. 테이블 톱으로 나무를 절단할 때 울리는 소리와 제품을 샌딩기로 다듬는 동안 퍼지는 소리, 그리고 망치 소리. 뻣뻣한 나무토막이 아름다워지도록 쓸모없는 부분들을 미세한 가루로 흩날려버리는 순간까지. 오빠는 주문량을 혼자 소화해야 해서 늦게까지 일하는 날이 많았다. 소리는 주민들의 고요한 밤을 자주 흔들었다. 그들은 공사 수준에 가까운 소음을 언제까지 듣고 살아야 하느냐며 불만을 토로했다. 재하 오빠도 상상할 필요 없이도, 가본 적 없이도 사막에 대해 알까? 내가 묻자 오빠의 얼굴빛이 짙어진 어둠과 같아졌다.

"사막이 아니라, 지옥이었으니까."

"요즘 잠은 잘 자?"

"아니."

"왜 또?"

오빠도 자기 잠의 주인인 적이 별로 없었다. 내 잠처럼 잘 수 있는 시간이 간신히 주어져도 그마저 불면증으로 잘 못 이뤘다. 오빠가 갑자기 부채질을 세게 하며 목소리를 높였다.

"이게 다 우산 때문이야! 새벽마다 우산으로 바닥을 딱, 딱 짚는 소리 때문에 잠을 설쳐서. 일부러 괴롭히려는 것 같아! 지금도 딱, 딱 소리가 들려. 아, 미치겠네. 이제는 환청까지 들리네."

그러나 환청이 아니었다. 우산씨가 우산 꼭지로 보도블록을 딱, 딱 짚으며 광장을 향해 빠른 속도로 걸어오고 있었다. 벤치 앞에 선 그가 숨을 가쁘게 내쉬며 말했다.

"해주씨한테, 못한 말이, 있어서, 돌아왔습니다."

재하 오빠가 발끈하며 자리에서 일어나 우산씨와 마주보고 섰다. 우산씨가 옆으로 비켜서자 오빠도 따라서 한 발짝 이동했다. 우산씨가 반대쪽으로 자리를 옮기면 오빠도 같이 움직였다. 그러기를 대여섯 번 반복한 끝에 우산씨가 하는 수 없다는 듯 오빠를 우산 안으로 들이면서 내게 다가서려고 하자 오빠가 부채로 막으며 말했다.

"접어라. 비도 안 오는데."

재하 오빠는 영주와의 내기를 생각하고 있나.

"접을 수, 없습니다. 그런데, 보자마자, 왜 반말입니까?"

우산씨가 의외로 저돌적으로 나왔다.

"내가 좀 알아봤거든. 서른넷이라던데. 내가 한 살 많다."

"반말, 하십시오."

"그리고 경고하는데, 새벽에 우산으로 바닥 짚으면서 돌아다니지 마라. 내가 좀 많이 예민하니까."

오빠가 내 손목을 덥석 쥐고 집 쪽으로 끌고 갔다. 나는 뒤돌아 그에게 할말이 뭐냐고 눈빛으로 물었다. 그가 우두커니 서서 나를 향해 말했다.

"저도, 어머니가, 우산을 들고, 학교에 온 적이, 없습니다."

나와 멀어지는 가운데도 우산씨는 계속 그 말을 반복하며 어둠 속에 서 있었다.

5. 불행의 속성

　모처럼 알람 없이 일어났다. 웬일로 아무도 깨우지 않아서 점심때까지 잤다. 새벽에 잔뜩 취한 아버지와 영주가 노래를 부르며 귀가하는 소리를 들은 것도 같았다. 방문을 열고 거실 겸 부엌으로 나갔다. 영주는 냉장고 옆에서 자고 있었고, 아버지는 방에 없었다. 공장에 있나, 중얼거리며 현관문을 젖히자 그럴 리 없는 아버지가 평상에 앉아 컵라면으로 해장을 하고 있었다. 나는 딱딱하게 굳은 어깨를 주무르며 하늘과 광장을 살폈다. 오늘은 구름이 많이 끼어서 지내기 괜찮겠다고 생각하며 우산씨를 찾았지만 보이지 않았다. 왔다 간 것인지, 아직 안 온 것인지 모르겠어서 아버지한테 물으니 본 것도 같고, 못 본 것도 같다고 말하며 라면 국물을 들이켰다.

"해장국 끓여달래지."

평상에 앉으며 내가 말했다.

"모처럼 푹 자는데 깨우기도 뭐해서."

아버지가 나무젓가락을 분질러 컵라면 용기 안에 넣었다.

"네 엄마, 해장국 하나는 진짜 기가 막히게 끓였는데. 어디에도 그런 맛은 없더라."

아버지는 혀로 입술을 핥으며 입맛을 다셨다.

"해장국뿐인가. 음식은 다 기가 막히게 잘했지."

"네 엄마…… 어디서 몸 팔고 있을지도 모른다."

"대낮부터 뭔 소리야?"

아버지는 술이 덜 깬 것 같았다.

"실은."

실은, 엄마가 집을 나가기 전 사흘에 걸쳐 자자고 했는데 아버지가 거부했다고 한다. 전날 밤에도 세 번이나 엄마의 요구가 있었는데 전부 거절하자 홧김에 가출한 거라고 아버지는 믿고 있었다. 그러니까 아버지의 심증에 따르면, 엄마는 실컷 하고 싶어서 집을 나갔다는 것이었다. 나는 다른 이유가 있을 거라고 생각했다. 거기에 더해 생활력 없는 아버지가 한심했다든가, 아버지의 누리끼리한 이에 낀 고춧가루와 삐져나온 코털에 어느 날 밥맛이 뚝 떨어졌다든가, 얼굴이 갑자기 못생겨 보여서 짜증이 났다든가,

갈수록 정수리가 반질거리는 게 꼴 보기 싫었다든가. 어쩌면 진짜 이유는 아버지가 일은 안 하면서 밥만 많이 처먹어서인지도 몰랐다. 분명 다른 이유도 있을 텐데, 하필 전날 그런 일이 있어서 아버지는 자기가 자주지 않았기 때문이라고 단정해온 것이었다. 그런데 아버지는 그 얘기를 왜 여태 하지 않았던 걸까.

"그땐 너희들이 어려서, 차마."

나도 왠지 다른 이유들보다 그 이유가 훨씬 그럴듯하다는 생각이 들기 시작했다. 부부란 비밀스러운 데가 있으니. 그 이유가 발단이 됐다고 결론 내리자 순간 버럭 화가 났다.

"좀 해주지 그랬어!"

아버지를 째려보며 나도 모르게 목소리를 높였다.

"아, 좆이 안 서는데 나보고 어쩌라는 거냐?"

뭘 잘했다고 아버지도 덩달아 목소리를 높였다.

"나보고라니? 아버지 좆이니까 아버지가 알아서 했어야지! 별짓이라도 다 했어야지!"

"별짓을 했는데도 안 섰다고."

"진짜 다 해봤어?"

"응."

"진짜?"

"……"

"다 안 해봤네."

"귀찮기도 하고."

"그러면 그렇지."

아버지는 눈을 끄먹끄먹하면서 잘못을 저지른 사람처럼 손가락을 꼼지락댔다. 자책하는 아버지 얼굴을 보니 이제 와 화내고 소리친들 무슨 소용인가 싶었다. 나는 누그러진 목소리로 물었다.

"그럼, 엄마 도망간 후로 한 번도 못 해봤어?"

"응."

"세상에."

"네 엄마 떠난 후론 그나마 쬐금 서던 것도 아예 안 서."

"아예?"

"응, 아예."

아버지 얼굴은 아버지의 좆처럼 풀죽어 있었다.

"하고 싶지 않아?"

"하고야 싶지."

"그래서 불행하다고 생각해?"

"불행하지."

"병원이라도 가보든가. 엄마가 돌아올지도 모르잖아."

아버지는 사내들의 세계에서는 좆이 전부라고 생각하는 것처럼 얼굴을 들지 못했다.

"그러니까 준비하고 있으라고. 고쳐놓으면 다른 여자하고라도 할 수 있잖아."

"난 네 엄마랑만 한다."

무슨 용기인지 아버지가 얼굴을 불쑥 쳐들며 말했다.

"의리야."

"별게 다 의리네. 엄마는 이미 다른 남자랑 했을지도 모르는데?"

내 짐작에 다시 아버지 얼굴이 형편없을 정도로 쪼그라들었다.

"아무리, 십삼 년 동안 한, 번, 도, 안, 해, 봤, 을, 까."

"가끔 너, 영주보다 극악무도할 때가 있는 거 아냐."

아버지는 가랑이 사이로 얼굴을 파묻고 얼마 남지도 않은 머리카락을 쥐어뜯으며 괴로워했다.

나는 이제 엄마가 집을 나간 것은 아버지 좆 때문이라고 생각한다. 생활력도 경제력도 없는데 거기다 좆까지 무력해서 엄마가 떠났다. 이것저것 아무리 비교해봐도 가장 무능한 건 그러니까, 아버지의 좆인 것이다.

모처럼의 휴일이라 하루종일 방에 드러누워 티브이를 봤다. 나는 도서관에 가는 것 다음으로 티브이 시청하는 걸 좋아한다. 그래서 장갑을 포장할 때도 티브이를 틀어놓지만, 그렇게 보는 티브이는 티브이가 아니라 라디오에 가까웠다. 일하다보면 놓치는 장면이 많았고, 놓치지 않은 대목도 영상으로 기억하는 것이 아니라 언어로 간직하는 경우가 대부분이었다. "사랑합니다"라는 드라마

속 남자 주인공의 고백엔 목소리만 있어서, 나는 고백의 눈빛을 모른다. 그러므로 쉬는 날인 오늘은 달달한 목소리에 애절한 눈빛을 입히는 시간. 티브이를 좋아하는 이유는 내가 죽을 때까지 가보지 못할 먼 나라를 가깝게 보여주고, 먹어본 적 없는 음식의 맛을 알려주고, 나한테 일어나지 않을 이야기를 들려주기 때문이다. 가끔 드라마나 영화 속 대사에 괜히 슬퍼질 때가 있다. 내 생활이 서글퍼서겠지만 그렇다고 대단하거나 멋진 문장도 아니다. '고맙다' '괜찮다'라는 말 정도다. 정말 특별하지 않은 표현이다. 나는 대단하고 멋진 말을 필요로 하는 게 아니다. 필요로 하는 말을 들었을 때 뭐든 그것은 내게 대단하고 멋진 말이 된다. 별것 아닌 말, 흔하게 널린 말, 한때는 아무렇지 않게 들어 넘겼던 말에 눈물이 난다면 그건 내가 조금 많이 힘들다는 뜻이다.

"일관되게 불행하면 기대할 것도 없어."

옆에 누워 있던 늙은 영주가 빗물이 새서 생긴 천장 얼룩을 보며 말했다. 영주는 위로라는 걸 할 줄 몰랐다. 쓸모가 없다는 걸 경험으로 알아서였다.

"일관되게 행복할 수도 있잖아."

그럼에도 괜히 영주의 생각에 맞서고 싶었다.

"그런 인생은 애초에 존재하지 않아."

"저 티브이에 나오는 사람들만 봐도."

"바보야, 연기하는 거잖아."

늙은 영주가 나를 향해 돌아누워 팔베개를 했다. 그러고는 싸늘한 표정으로 물었다.

"언니 넌, 아직도 뭔가를 기다려?"

"일관되게는 아니지만 띄엄띄엄이라도……"

"인간은 본래가 행복할 수 없는 종자야. 차라리 밖에서 울고 있는 저 매미 같은 곤충이 스스로 행복하다고 느낄걸. 일관되게 행복할지도 몰라."

"어떤 매미는 칠 년을 땅속에서 유충으로 살다 바깥으로 나와서 성충으로는 일주일밖에 못 산대."

"일주일 동안 일관되게 행복하겠지."

그러면서 늙은 영주는 말했다. 인생사에는 행복한 일보다 불행한 일이 훨씬 많고, 불행을 자초하는 건 인간이지만 본능적으로 자초하도록 태어났기 때문에 인간의 잘못도 아니라고. 커다란 행복이라도 머무는 건 잠깐뿐이고, 불행은 작은 것조차 불씨를 오래 남겨서 인간을 괴롭힌다고. 행복은 느리게 찾아왔다 빨리 가버리는 것이고, 불행은 빨리 다가왔다 느리게 돌아가는 것이라고. 아무리 행복한 일이 자주 생겨도 작은 불행이 차지하는 마음의 면적이 워낙 넓어서 불행하다 여기며 살 수밖에 없다고. 그게 인간과 불행의 속성이라고. 그러면서 강한 어조로 결론을 내렸다.

"우리한테 행복 따위는 없어."

"어떻게 그렇게 단정해?"

나는 또 맞섰다.

"지금까지 이십구 년 살아봐서 잘 알잖아. 그게 언니의 틀이야. 앞으로 남은 인생은 다를 거라, 별다른 게 있을 거라 생각하면 큰 오산이야. 그보다 다를 거라 희망을 주고 희망에 중독시키려는 새끼들이 제일 나쁘지만."

"왜 희망을 주는 건데?"

"못 죽게 하려고. 인구 감소 방지 차원에서."

"……"

"미래가 궁금하다며 무당을 찾아갈 필요도 없어. 지금까지 살아온 과거를 복사하면 그게 곧 자기 미래거든. 거기서 한 치도 벗어나지 못해. 신데렐라 같은 인생역전은 없어. 동화는 행복하게 살았다는 어처구니없는 결말로 끝나지만, 페이지가 더 있으면 신데렐라도 결국은 졸라 불행에 쩔다 죽었다고 나올걸. 장갑을 짜고 포장하는 게 반복되듯 인생도 불행도 되풀이될 뿐이야."

"반복을 깨면, 틀을 깨면 되는 거 아니야?"

"내가 해봤잖아."

그렇지, 영주는 몸소 해본 애였다.

"다른 불행이 또 기다리고 있어. 불행은 절대 없어지지 않아."

늙은 영주는 이어서 말했다. 사건을 만들 의지가 사라진 건 스스로 만들지 않아도 인생에는 불행한 순간들이 알아서 줄기차게 달려온다는 걸 깨달았기 때문이라고. 그러니 삶이 닳아 없어질 때까지 수긍하며 사는 수밖에 도리가 없다고. 영주의 말을 듣고 생각했다. 행복은 왜 푸짐할 수 없나. 맛없는 불행은 왜 늘 후하기만 한가.

"없어지긴 해."

늙은 영주가 다시 천장을 보고 누우며 말했다.

"어떻게?"

"뒤지면. 간단하다면 간단하지."

그러면서 덧붙였다.

"기껏 죽어라 하고 열심히 살아봤자 다들 죽음에 가까워지는 인생일 뿐이야."

영주의 말대로라면 뜨겁게 울고 있는 창밖의 매미는, 일관되게 행복하게 살고 있는 저 매미는 며칠 뒤 죽으면 더 행복해지는 걸까, 처음으로 불행해지는 걸까. 영주는 위로라는 걸 할 줄 모른다고 했지만, 자신의 어둡고 비관적인 말과 태도가 다른 방식의 위로가 될 수 있다는 것 또한 모르는 듯했다. 영주가 잠에 빠져든 나른한 목소리로 말했다.

"비나 오면 좋겠네……"

"올 거야."

"언제……"

"내일."

6. 절망을 안다는 것

 짧은 휴가가 끝나자 피로를 모르는 편직기는 다시 풀가동되었다. 편직기가 장갑을 짜는 소리는 빗소리를 닮았다. 가끔 비가 오는 걸로 착각하고 창밖을 내다볼 때가 있을 정도였다. 빗소리에 운율이 있듯이 장갑 짜는 소리에도 운율이 있었다. 말하자면 규칙이었고, 규칙적으로 마을에 시끄러움을 주었다. 그러면 사람들이 규칙적으로 찾아와 인상을 찌푸리며 고함을 질렀다. 그 규칙과 운율이 깨지면 장갑에 구멍이 생겼다. 구멍을 찾아내고 메우는 건 아버지 담당이었다. 어떤 날은 편직기 소리가 타자 치는 소리처럼 들렸다. 타이피스트가 문자를 한 자 한 자 가로로 찍어서 텍스트를 짓듯이 편직기 또한 실을 한 코 한 코 가로로 엮어서 장갑이란 직물을 짜냈다. 짓는 것과 짜는 것의 원리는 무엇이나 비슷하다는 생각이 들었다. 원료가 실이면 장갑이, 문자면 글이, 음이면 곡이 될 뿐이다.

한때 장갑 짜는 일이 지루해서 글이란 걸 써본 적이 있었다. 왠지 생산적인 일로 보여서였다. 포장을 끝내고 밤에 스탠드 불빛 아래서 조금씩 써내려갔는데, 책으로 치면 한 페이지에 해당하는 분량이었다. 그러나 어떤 이야기를 써도 그 이상을 넘지 못했다. 문장의 문제인지 이야기 흐름의 문제인지 알 수 없지만, 긴 이야기를 쓰기엔 내 삶이 건설적이지 못하고 단조롭기 때문이 아닐까 하는 생각에 이르자 자연스레 관두게 되었다. 한 페이지 분량의 글이 딱 장갑 한 짝 크기로 보여서, 나는 도저히 이 면적을 벗어나지 못하는 인간이구나, 라는 것도 알게 되었다. 글쓰기를 관둔 뒤, 대신 소설책의 첫 페이지들만 노트에 옮겨 적기 시작했다. 영주의 말대로 나는 나의 '틀'에서 헤어나지 못하는 것인지도 모르겠다.

우산씨도 '광장'이라는 틀에서 벗어나지 못하기는 마찬가지였다. 어제 하루종일 안 보여 걱정했는데 오늘은 아침 일찍부터 광장에 나와 있었다. 여전히 하늘을 욕심껏 차지한 건 태양이었다. 크고 뜨거운 그것은 절대군주 같은 모습이었다. 그러나 제아무리 뜨겁고 도도한 태양도 몰려든 구름 앞에서는 꼼짝을 못하지. 시민을 닮은 구름은 태양을 무력하게 만들 수 있는 유일한 상대였다.

우산씨는 벤치에 앉아 구름 대신 우산으로 해를 가린 채 점심을 먹고 있었다. 인근 편의점에서 사온 불고기덮밥 도시락이었다. 보통은 도시락을 싸서 다니는데 시간이 늦었거나 그날 아침 맘에 드는 반찬이 없으면 사 먹는다고 우산씨는 말했다. 가끔 배달 앱으로 음식을 주문하기도 하는데 식당에 가본 적은 없다고 했다. 우산을 접어야 하기 때문이었다. 우산을 쓴 채 들어가도 되는 식당이 있으면 어디든 찾아가겠지만 그런 곳은 아직 한 군데도 없었다고 했다. 그것은 반려견을 데리고 다니면 식당 출입이 제한되는 것과 같은 이치였다. 실내에서 펴는 우산은 다른 사람의 기분이나 분위기를 망치는 물건이었고, 어떤 순간에는 도저히 이해가 안 가는 난해한 사물이 되기도 했다. 비가 오지 않는 날 쓰는 우산도 그와 다르지 않아서 어디서든 사람들은 우산씨를 이상하게 쳐다봤다.

식사를 마친 우산씨는 백팩에서 텀블러를 꺼내 물을 마셨다. 날씨가 더워서 우산씨는 얼음물을 꼭 준비했다. 과자도 빠뜨리지 않고 챙겨왔다. 과자는 광장의 비둘기들을 위한 것이었다. 우산씨가 과자를 잘게 부숴서 바닥에 뿌리자 비둘기들이 우산씨 주위로 우르르 몰려들었다. 그러면 우산씨는 비둘기를 관찰하며 시간을 보냈다. 가끔 비둘기들은 잘 움직이지 않는 우산을 지붕이나 탑으로 착각하고 그 위로 내려앉았다. 날아갈 때까지 가만히 있으면 비둘기가 우산에 똥을 누기도 했다.

죽은 비둘기를 발견할 때도 있었는데, 사체를 묻어주는 일은 우산씨가 도맡아 했다. 아무도 하지 않아서 자연스레 떠안게 되었다고 우산씨는 말했다. 죽은 비둘기를 맞닥뜨린 사람들은 비명을 지르며 인상을 찌푸리고는 피해 다녔다. 침착한 스케줄표를 가진 우산씨만 달아나지 않고 소리를 지르지도 않았다. 광장과 비둘기를 관리하는 모습을 보고 어떤 사람들은 우산씨가 공무원이라고 주장하기도 했다. 그러나 아무도 우산씨의 정체에 대해 정확히 알지 못했다. 이방인이나 고아처럼, 그 속에 지닌 이야기도 알려진 바가 없었다. 어쩌면 진짜 유령이라서 안이 텅 비어 그런지도 몰랐다. 그래선지 아무도 그에게 말을 걸지 않았다.

비가 오는 줄 알고 내다본 창문에서 돌아섰다. 비 맞은 것처럼 땀방울이 목을 타고 줄줄 흘러내렸다. 아니, 땀은 몸에서 내리는 비였다. 영주는 작곡한 데모 곡을 들고 동료와 레이블 사무실에 가느라 자리를 비웠다. 그 자리를 아버지가 대신하고 있었다. 나는 짠내 나는 축축한 수건으로 땀을 닦아내고 다시 포장 기계 앞에 앉았다. 등짝이 쪼개질 듯 아팠지만 참아야 했다.

아버지는 나한테 털어놓은 십삼 년 만의 고백을 후회하는지, 나와 눈 맞추기를 어색해하는 듯했다. 요 며칠 계속 밥 먹을 때도 일할 때도 고개를 약간 숙인 채로 지내고 있었다. 나를 피하는 것 같았고, 말수도 확실히 줄어들었다. 약점은 비밀일 때는 약점이 아니지만 누군가한테 탄로나면 공격 포인트가 되었다. 내 작은 힘으로 약점을 건드리기만 해도 아버지라는 건축물을 무너뜨릴 수 있었다. 내가 아들이었다면 그 고백이 덜 창피했을까. 십삼 년이란 시간도 필요 없었겠지. 아들이 아니니 아들인 척이라도 해야지 별수 있나 싶어 아버지에게 말을 걸었다.

"아버지."

배고프고 힘들어서 사실 부를 기운도 없었지만 짐짓 활기차게 아버지를 불렀다. 그러나 아버지는 못 들은 척했다. 잠시, 그대로 둘까, 라는 생각도 들었다. 일은 어느 때보다 게으름 피우지 않고 열심히 하고 있기 때문이었다.

"아버지, 나 좀 봐봐."

"왜, 일하는데."

그래도 아버지는 나를 쳐다보지 않았다.

"남자 나이 중년이면 다들 그러지 않나?"

"뭐가."

"대부분 아버지 나이 되면, 그게, 그렇고 그런 물건으로 시들고 퇴락하지 않느냔 말이지."

나는 수건으로 땀인지 식은땀인지 모를 물기를 한번 더 닦으며 말했다.

"그러긴 한다더라."

"그럼 정상이네."

"뭐?"

"아버지 나이에 그게 쌩쌩하면 오히려 이상하지 않겠어? 다른 데는 늙고 힘 빠지는데 그것만 살아서 팔딱대면 보기 흉하지 않겠냐고. 자기 거 안 같아서 나라면 사는 게 힘들고 피곤하지 싶은데."

"꼭 그렇진 않다."

아들인 척만 할 수 있을 뿐 아들이 될 수는 없는 건가.

그때 누군가가 창밖에서 아버지를 불렀다. 찾아주길 바랐다는 듯 후다닥 방을 나간 아버지는 한참 만에 돌아와 방문 틈으로 얼굴을 내밀더니 어디 좀 다녀와야겠다고 고조된 목소리로 말했다. 다급하고 흥분된 표정을 봐서는 또 제보가 들어온 모양이었다. 이번에는 일이 많이 밀려서 자리 비우면 안 된다고 소리쳤지만 정신없는 아버지는 벌써 자동차에 몸을 실은 상태였다. 쫓아 나가 차문에 매달려도 소용없었다.

"바오 불러서 일 좀 시켜. 그놈 요새 팽팽 놀고 있더라. 돈도 필요할 거야. 아 참, 재하가 보자던데 말 좀 잘 전해주고."

아버지 차는 주저앉을 것처럼 덜컥거리며 황급히 멀어져갔다. 나는 차가 코너를 돌아 사라질 때까지 맥없이 그 자리에 서 있었다. 아버지는 저 고물 차 조수석에 엄마를 태우고 돌아올 수 있을까. 그게 언제든.

"바오, 여기선 꼭 마스크 쓰라고 했지. 답답해도."

갑자기 불려와 편직실에서 원사를 체크하는 바오에게 마스크를 쥐여주며 말했다. 바오가 고개를 끄덕이며 마스크를 받아서 썼다. 바오는 열다섯 살 때 블랙핑크를 보려고 한국으로 시집온 누나를 따라왔다 아예 눌러앉게 된 베트남 청년이다. 바오가 베트남으로 돌아가지 않은 이유는 돈도 벌면서 한국어를 배우기 위해서였다. 삼 년 전부터 일손이 부족할 때마다 연락하면 바오는 한달음에 달려와 공장 일을 도와주었다. 일머리가 좋아서 금방 편직기를 혼자 조작해냈고 이제는 전체 공정까지 잘 파악하고 있었다. 바오는 내가 말하지 않아도 해야 할 일을 찾아서 움직이는 듬직한 조력자였다.

편직실을 둘러보고 온 바오는 마스크를 벗으며 포장 기계 앞에 앉았다. 잠시도 게으름을 피울 줄 모르는 바오의 손은 또 어찌나 재고 정확한지 항상 나보다 많은 작업량을 소화했다. 아버지와 영주의 손모가지가 바오의 손만큼 부지런하고 성실하다면 내 어깨에 쌓인 피로를 나눠 질 수 있을 텐데. 나는 바쁠 때 빠른 손이 되어주는 바오한테 시급을 더 챙겨주었다. 일한 만큼 받게 해주었다. 아버지와 영주도 딱 일한 만큼만 받았다. 나는 그들의 노동시간을 작업일지에 꼼꼼하게 기록해두었다가 시급으로 계산했다.

"바오."

바오가 큰 눈으로 나를 힐끗 쳐다봤다. 그 눈은 매번 놀라거나 겁먹은 것처럼 보여서 안쓰러웠다.

"누나는 잘 지내?"

바오가 가볍게 고개를 끄덕여서 나는 한국어로 다시 대답해달라고 했다.

"아기 키우느라 바빠요."

바오가 투박한 톤으로 또박또박 얘기했다.

"한국말은 더 늘었네."

"공부 열심히 하고 있어요."

"한국 좋아?"

"네."

"왜 좋아?"

"블랙핑크가 사는 나라라 좋아요."

나는 바오한테 말을 자주 시키려고 노력했다. 바오의 꿈은 동시통역사가 되는 것이었다. 오래전, 바오한테 꿈이 뭐냐고 물은 적이 있었다. 그때 바오는 망설임 없이 동시통역사라고 대답했고, 나는 묻고 나서 되레 놀랐다. 바오가 동시통역사라는 꿈을 가져서가 아니라 꿈이란 단어가 낯설어서, 그런 게 있었다는 걸 처음 인식한 사람처럼 굳은 몸으로 바오를 한참 쳐다봤다. 바오는 내 표정을 보곤 자기 꿈이 주제넘게 너무 원대하거나 잘못된 줄로 크게 오해했다. 그 오해를 풀기엔 바오의 한국어 실력이 초보 수준이라서 나는 인터넷 번역기를 통해 꿈에 대한 나의 이야기를 바오에게 전했다. 우리는 번역 창에 각자의 언어를 번갈아 적어넣으며 진지한 대화를 주고받았다.

바오 나이는 한창 꿈을 가지거나 꿈에 대한 구체적인 계획을 세울 시기였다. 그런데 고등학생 때 나는 그것을 가져보기도 전에 장갑 공장을 책임져야 했다. 너무 일찍 떠안고 만 공장 때문에 먼 꿈을 도모할 수 없었고, 정신을 차려보니 장갑은 정해진 나의 미래가 되어 있었다. 정확하게 말하면 미래가 아닌 생계였다. 장갑을 짜면서 다른 미래가 생길 거라고 기대를 품은 적도 있지만 편직기는 내게 꿈꿀 여유나 틈을 주지 않기 위해 이십사 시간 돌아가는 것 같았고, 실제로도 그랬다. 나는 내 꿈이라고, 미래라고 한 번도 생각해본 적 없던 장갑 짜는 사람으로 십대에 이어 이십대의 청춘과 젊음을 다 보내고 말았다. 청춘, 아름답지 않아도 아름답다고 누구나 확고하게 말할 수 있는 인생의 한 부분이었다. 신체적으로는 건강과 윤기가 넘치고 정신적으로는 활기가 흘러서 어둠이 다가오기 어려운 시기였다. 그런 나의 아름다운 시절을 누군가 단숨에 뽑아서 멀리 내동댕이쳤다는 생각이 들었다. 그 시기를 명명할 수 있는 건 편직기처럼 반복되는 한 가지 기억뿐이었다. 돌아보니 무언가에 승부를 걸 수 있는 나이도 지나버렸고 기회를 잡을 수 있는 때도 다 놓쳐버렸다는 느낌이었다. 모험을 무릅쓰기에 당시 나의 긍지는 너무 낡아서 구부러진 용기조차 낼 수 없었다. 내 말을 들은 바오는 번역 창에 베트남어로 문장을 적어넣고 '번역하기' 버튼을 눌렀다. 옆 창으로 번역된 한국말이 나왔다.

청춘과 젊음이 사라진 자리에는 무언가가 차요. 찾아와요.

그런데 나는 아직도 그 자리에 찬 건 무엇이고 찾아온 건 무엇인지 알지 못했다. 청춘이란 본래 금방 소멸하는 것이지만 내 경우는 더 빠르게 지나가버렸다고 느껴서일까. 아니면 상징적이라 할 만한, 그 나이에 어울리고 있음직한 젊고 예쁜 추억을 갖지 못해서일까.

"바오."

바오가 변함없는 눈빛으로 나를 쳐다봤다.

"베트남어로 꿈이 뭐라고 했지?"

"으억 머."

베트남어로 꿈은 으억 머. 바오의 꿈은 동시통역사.

재하 오빠의 꿈은 영화감독이 되는 것이었다. 꿈을 위해 오빠는 중학생 때부터 영화를 많이 보고 시나리오도 쓰고 대학도 관련 학과에 들어갔다. 그러나 오빠의 아버지는 오빠가 대를 이어 가업을 물려받기를 바랐다. 오빠의 아버지는 목공예계에서 꽤 이름난 장인이었고, 오빠는 그 뒤를 이을 재능은 물론이고 감성까지 갖춘 재목이었다. 아버지는 아들이 언젠가 자신을 넘어설 놈이라는 걸 알아보고 나무에 대한 모든 것을 어릴 때부터 차근차근 가르쳤다. 나무에 따라 무늬, 색상, 향, 분위기가 어떻게 다른지, 나무마다 가공법과 관리법에 어떤 차이가 있는지, 사람에게 좋은 나무와 그

렇지 않은 나무는 무엇인지, 각 소품의 기능과 분위기에 맞는 최
고의 나무는 무엇인지, 공구는 어떻게 부려야 하는지.

오빠에게는 형이 하나 있지만 그 형은 나무를 다스리는 재주
와 마음보다는 공부에 더 관심을 가졌다. 지금은 꿈을 이뤄 미국
의 공과대학에서 교수로 재직중이었다. 재하 오빠가 꿈을 접을 수
밖에 없었던 것은 아버지가 뇌졸중으로 쓰러져 오른팔을 못 쓰게
돼서였다. 설상가상으로 아버지가 삼촌한테 서준 빚보증 문제까
지 터졌다. 군대를 제대한 뒤 복학을 앞두고 있던 오빠는 생계를
위해 휴학하고 공방을 책임져야만 했다. 그러나 재하 오빠의 삶
이 사막이 아닌 지옥이 된 건 형 때문이었다. 어느 날 재하 오빠는
형의 집에서 아름다운 곡선과 감성으로 다듬어진 스툴 하나를 발
견했다. 형이 만든 그 작품은 재하 오빠의 혼을 뒤흔들어놓을 정
도였다. 형은 자신의 꿈을 위해 천부적인 재능을 고의로 숨겨왔던
것이다. 그러고는 자신이 가진 놀라운 실력을 한 번씩 확인하거
나 다른 삶을 선택했다면 어땠을까 상상해보려고 취미 삼아 아무
도 모르게 나무를 깎고 다듬어왔다. 그 사실을 알게 된 날부터 재
하 오빠는 매일 밤 분노와 절망감으로 잠을 이루지 못했고, 도저
히 용서가 안 되고 견딜 수 없어서 형과는 연을 끊어버렸다.

그래서 재하 오빠는 다른 어떤 제품보다 스툴을 다룰 때 신경이
날카로워져서 중단하는 일이 잦았다. 작업이 멈춘 공방에선 고요
한 시간이 흘렀다. 그 흐름 속으로 나무 향이 들어오면 시간은 냄

새로 퍼져갔고, 바람이 불어오면 시간은 나무 가루로 흩어졌다. 창문으로 새어드는 오후의 빛 그림자가 작업을 하다 만 스툴로 사뿐히 내려앉아 시간을 대신 다듬었다. 자꾸 예민해지는 기분에 그 품목을 아예 취급하지 않으려고도 했지만 마음 한편에서는 최고의 스툴을 만들고 싶은 욕심도 동시에 인다고 오빠는 말했다. 오빠가 그럴 때마다 나는 형의 스툴이 어떻게 생겼는지 궁금해지곤 했다.

어렸을 때부터 시간이 나무 향과 빛과 나무 가루로 흘러가는 공방에 혼자 놓여 있으면 꼭 모래시계 속으로 들어온 듯한 느낌이 들었다. 고운 나무 가루가 마치 잘록한 허리를 통과해 떨어진 모래알처럼 바닥에 쌓인 채 영원히 시간이 멈춰버린 곳. 누군가가 뒤집어주지 않으면 영영 시간이 흘러가지 않는 장소. 재하 오빠의 모래사막, 아니 어쩌면 지옥.

나는 모래시계를 뒤집듯 공방 안쪽으로 들어가 문을 두드리며 재하 오빠를 불렀다. 다시 모래가 떨어지면서 시간이 흐르고, 오빠가 반쯤 감긴 눈으로 방문을 열며 무슨 일이냐고 물었다.

"아버지가 가보라고 해서."

"급히 드릴 얘기가 있다고 문자했었는데. 또 나가신 거야?"

"응."

"에휴, 어떤 식으로든 성과가 있어야 할 텐데."

나는 오빠를 따라 한숨을 내쉬며 문턱에 걸터앉았다.

"이맘때 아줌마가 꼭 해주시던 물냉면 생각난다. 열대야에 두 집 식구가 평상에 모여 앉아서 먹던. 한 그릇만 먹어둬도 여름내 시원한 바람이 부는 느낌이었는데."

엄마가 집을 나간 뒤로 다시는 그런 식사를 할 수 없었다.

"아버지한테 할 얘기가 뭔데?"

"구청 다니는 친구가 알아봐줬는데, 도로가 개설되는 게 거의 확실한가봐. 문제는 개설이 추진되더라도 토지 보상액이 부동산 실거래가 절반에도 못 미칠 거라는 거야. 이미 소문도 나고 논의도 진행되는 상황이라 팔려고 내놔도 도로로 편입될 땅을 살 사람은 없을 거고. 처분할 거면 몇 년 전에 서둘렀어야 했어. 이 자리에 수백만원대 임대료 수익 나는 대형 빌딩이라도 있었어봐. 누가 도로를 내는 정책을 펴겠어. 당장 주저앉혀도 상관없어 보이는 건물이라고 다들 우습게 아는 거지."

"알박기 하는 건 어떨까?"

"사업 인정 고시되면 결국은 사업 시행자에게 토지소유권이 넘어가게 돼 있어. 불응하면 토지소유자에게 불이익이 발생할 수도 있고. 주민들 사이에서는 우리가 땅값 오를 때까지 시간 끌 작정이란 말이 오간대. 현 시장이 무산됐던 복합환승센터 재추진을 3선 공약으로 들고 나온 터라 땅값은 오를 테니 그때까지 버틸 속셈이라고."

"웃기는 사람들! 당연한 거 아니야? 주거를 위협받는 처지에 손해보는 장사를 누가 해?"

나는 주민들의 시선을 잊을 수가 없다. 우리집 앞을 지나갈 때마다 무슨 철거촌이나 난민촌이라도 본 듯 찌푸려지던 눈살을. 갈수록 그 눈초리를 감당하는 일이 힘들고 버거웠다. 그들은 허공에서도 우리를 괴롭혔다. 발코니 창문을 일부러 소리 나게 열어젖히며 대놓고 욕하거나 소리쳤고, 캭, 하며 창밖으로 침을 뱉기도 했다. 가끔 걸레 빤 구정물을 우리집 쪽으로 쏟아버려서 그 물벼락을 맞은 적도 있었다. 아버지 말대로 그들에게 도로가 난다는 확신을 주면 민원이라도 덜 시달릴까. 그렇게 중얼거리자 재하 오빠가 고개를 저었다.

"마찬가지일걸. 인간이란 자기보다 못나거나 피해를 끼친다고 여겨지는 자들을 깔아뭉개야 스스로 존재한다고 느끼거든. 끝까지 멈추지 않지."

시름 담긴 침묵이 흐르는 가운데, 나는 작업을 하다 만 스툴을 보며 물었다.

"잠을 못 잔 얼굴인데, 혹시 우산씨 때문이야?"

오빠는 우산이 자기 경고는 잘 듣더라며 새벽에 영화를 봤다고 말했다. 영화를 되도록 피하려고 노력해온 오빠는 국제영화제에서 상을 많이 받고 세계적으로 인정받은 한국 영화를 결국 봐버렸다고 털어놓았다.

"내가 공부를 계속하고 꿈을 접지 않았다면……"

오빠가 고개를 푹 숙여버렸다. 애초에 꿈을 꿔보지도 못한 삶과 꿈을 접어야만 하는 삶 중 어느 쪽이 더 참담할까. 사막과 지옥의 차이일까. 오빠는 형제가 하나만 더 있었어도, 라고 자주 생각했다. 공부에는 흥미가 없고 영화에도 관심 없어서 나무 다루는 재주를 가진 걸 감사해하며 성실하게 살아갈 형제가 하나만 더. 지금은 재하 오빠가 누구보다 외롭고 쓸쓸하고 막막한 사람 같았다.

나는 오빠를 방에서 억지로 끌고 나와 집 뒤쪽으로 데리고 갔다. 십삼층 아파트 앞에 나란히 서서 나는 고개 들어 창문을 올려다봤다. 오빠도 나를 따라 고개를 들었다.

"뭐 있어? 뭘 보는 거야?"

오빠가 허공을 두리번거리며 물었다.

"십삼층 끝에 있는 창문."

오빠의 시선이 내가 손가락으로 가리킨 곳에서 멈추었다.

"혹시 느껴지는 거 있어?"

한참 후 내가 물었다.

"오래 보니까 목이 좀 아파."

"숨통이 트이는 게 아니고?"

"뭔가 아득해지긴 해."

재하 오빠도 창문의 정서를 조금 알아본 걸까. 오빠는 나무를 깎고 다듬으며 절망의 무게를 덜어가야만 하는 사람이었다. 어디로도 도망칠 수 없기에 그래야만 하는 운명이었다. 운명을 받아들인다면 절망을 부둥켜안고 살더라도 그것은 각을 세워 오빠를 찌르지 않을 테고 찌르더라도 부드러운 아픔을 줄 것이다. 그때 갑자기 뒤에서 누군가가 나타나 오빠와 나 사이를 비집고 들어왔다. 하늘을 대신하듯 푸른 우산이 세 사람을 허공에서 감싸고 있었다. 이게, 라는 표정으로 오빠는 우산씨와 나 사이를 파고들었고, 우산씨가 다시 오빠와 나 사이를 갈라놓았다. 끝나지 않을 것 같아서 내가 뒤로 빠지자 두 사람은 서로를 탓하듯 한참 노려보다 고개 들어 창문을 올려다봤다. 절망을 아는 두 사람이.

7. 내일이라는 그 말

그제와 어제의 밀린 피로는 오늘을 지친 상태로 맞이했고, 오늘의 피로는 내일과 모레를 마중나갔다. 피로는 피로를 낳기만 할 뿐 줄지 않았다. 푹 쉬거나 숙면을 취하거나, 둘 중 하나를 해야 피로의 한 시기가 끝났다. 아버지와 영주가 돌아오지 않아서 어제 늦게 바오를 보내고도 새벽까지 혼자 일을 했고, 세 시간만 자고 일어나서 정오까지 또 혼자 일을 했다. 일은 해도 해도 줄지 않았고, 일을 해도 해도 모이는 건 돈이 아니라 피로였다. 게다가 피로가 쌓이는 사이 두 통의 민원 전화까지 받았다. 바오는 오후 늦게나 도착할 예정이었다.

점심시간이 되자 피곤과 허기와 더위가 동시에 몰려왔다. 장갑무덤 옆에 누워 삼십 분 쪽잠을 자고 일어난 뒤 식사를 하려고 이층으로 올라갔다. 밥은 먹지 않고 쭈그려앉아 싱크대 하부장을 뒤졌다. 어디에 두었는지 생각나지 않았다. 그래도 버린 기억은 없으니 찾아보면 어딘가에 있을 것이다. 아래에 없으면 이번에는 위쪽. 의자를 가져와 딛고 서서 싱크대 위를 살폈다. 선반에는 쓰지도 않는 물건들이 마트료시카처럼 차곡차곡 포개져 있었다. 납작한 접시 위에 테두리가 깨진 사기그릇, 사기그릇 속에 제기, 제기 안에 소주잔. 옆에는 빈 유리병과 알루미늄 깡통들이 비석처럼 꽂꽂하게 늘어서 있었다. 발꿈치를 들고 깡통 뒤쪽으로 손을 깊숙이 집어넣어 더듬거려봤다. 이마에 식은땀이 맺히고 현기증이 일었다. 그때 깡통 한 개가 팔뚝에 밀려 바닥으로 떨어졌다. 눈을 감은 채 선반을 붙잡고 어지럼증이 가시길 기다렸다. 한참 만에 눈을 뜨자 깡통이 놓여 있던 빈틈 뒤로 타원형의 2단 도시락이 보였다. 유리병 몇 개를 옆으로 치운 뒤 그것을 당겨 끄집어냈다.

볕이 뜨거워 손차양을 하고 광장으로 갔다. 그는 우산 밑에서 얇은 책을 보고 있었다. 독서뿐 아니라 그의 생각과 말과 고민과 걱정과 결정과 상상은 모두 우산 밑에서 이루어졌다. 더불어 그의 표정이 찡그려지는 것도, 심각해지는 것도, 미소를 짓는 것도 다 우산 밑이었다. 우산 밑은 조금 어두웠다. 내가 그 옆에 앉으며 말했다.

"같이, 점심 먹어요."

싸온 분홍 도시락을 벤치에 내려놓자 우산씨도 책을 덮고 백팩에서 도시락을 꺼냈다. 꽤 고급스러운 보온 도시락이었다. 우산씨가 느린 손놀림으로 차근차근 도시락을 열었다. 도시락의 성능이 좋은지 잡곡밥에서 갓 지은 듯 김이 무럭무럭 올라왔다. 반찬통이 열리자 나는 놀랐다. 시간과 정성이 느껴지는 반찬들은 요리책에 싣기 위해 과장스럽게 멋부린 것처럼 보였다. 모형인가, 하고 잠시 의심했지만 곧바로 맛있는 냄새가 올라왔다. 문어 모양으로 칼집을 넣어 야채와 함께 볶은 소시지, 파래자반무침, 치즈계란말이, 새우튀김, 우엉조림까지. 영양을 고려해 다양하게 구성된 반찬들은 섞이지 않도록 주름진 포일 컵에 한번 더 담겨 있었다. 국물이 생기는 김치류는 작은 유리병에 따로 담아왔다. 그리고 저 반찬통 한쪽의 푸른 파슬리. 요리책에나 나오는 건 줄 알았는데 실제 도시락에 사용한 건 처음 봤다. 우산씨는 어떨지 모르겠으나 반찬이 매일 이러면 광장을 찾는 일이 피크닉 가는 기분일 것 같았다. 우산씨는 미역국과 후식으로 챙겨온 과일 통도 꺼냈다.

이제 내 차례인데, 점심 먹자고 말한 게 후회되었다. 그렇다고 지금 와서 없던 일로 하고 돌아갈 수도 없고, 배도 고픈데다 우산씨의 반찬이 탐나지 않는다고도 할 수 없었다. 나는 주춤하다 도시락을 열었다. 계란프라이 한 장 올려진 하얀 쌀밥에 깻잎장아찌와 총각김치, 그리고 엊저녁에 먹고 남은 식은 두부조림이 전부였다.

우산씨가 가까이 당겨 앉으며 우산을 씌워주었다. 그러고는 자신의 반찬과 미역국을 내 쪽으로 밀고 내 반찬을 자기 앞으로 끌어서 깻잎장아찌를 한 장 집었다. 우산씨는 자기 반찬은 놔두고 내 것만 먹었다. 일부러 그러는 듯했다. 나 또한 그의 배려를 헤아려 그의 반찬만 집어먹었다. 훌륭한 맛이었다. 실은 내 반찬이 지겹고 뻔해서 그의 반찬만 맛보고 싶었다. 보온 도시락에 담긴 반찬들은 모두 따뜻했다. 부피가 크다며 보온 도시락 들고 다니는 걸 귀찮아하던 영주와 나한테 엄마는 여름에도 위장으로 들어가는 음식은 온기가 있어야 한다고 말했다. 엄마는 특히 아침에 일어나면 따뜻한 물부터 한 컵 마시는 습관을 가지라고 했다. 아버지와 나는 아직도 그렇게 하고 있지만 영주는 하루도 지킨 적이 없었다.

"이걸 다 우산씨가 싼 거예요?"

내 말에 우산씨가 우물거리며 고개를 저었다.

"어머니께서 싸주신 거예요?"

또 고개를 저었다.

"그럼요?"

"아줌마, 입니다."

우산씨의 하얀 와이셔츠로 김칫국물이 떨어졌다.

"집에 일하는 아줌마도 두고 있어요?"

우산씨가 고개를 끄덕였다.

"근데 그 아줌마 김치 담그는 솜씨는 별론가봐요."

다 좋은데 우산씨의 김치 맛은 그저 그랬다. 그래서 우산씨가 내 김치만 먹는 것 같았다.

"김치는, 해주씨가, 담근 겁니까?"

"네."

김치 담그는 건 이모한테 배웠다.

"훌륭, 합니다."

"엄마가 담근 김치는 더 훌륭한데."

도시락을 먹는 건 엄마가 집을 나가며 싸놓고 갔던 그 도시락 이후 처음이었다. 여름방학이 끝나고 2학기부터 도내 꼴찌로 급식을 시작해서 도시락을 쌀 필요가 없었고, 고등학교에 올라가서도 마찬가지였다. 엄마가 집을 나간 이유 중에는 매일 도시락을 싸는 게 힘들었던 것도 있지 않았을까. 그래서 급식을 빨리 했더라면 엄마가 많이 편했을 텐데, 라는 생각이 들었다. 아직도 기억난다. 엄마의 마지막 도시락. 영주와 나는 여름방학 첫날, 엄마가 가출한 건 꿈에도 모른 채 티브이를 보며 점심으로 도시락을 먹었다. 방학인데 도시락을 싸다니 엄마가 정신이 나갔다는 말도 해가며. 음식 모양부터 싸는 방식까지 어딘가 좀 달랐고, 다섯 가지나 되는 반찬은 평소 엄마가 잘 해주지 않던 것들이었다. 만드는 데 시간이 걸리는 음식들이라 엄마는 도시락을 싸기 위해 다른 날보다 두 시간은 일찍 일어나야 했을 것이다.

"그게 마지막인 줄 알았다면 영주랑 장난치며 먹진 않았을 거예

요. 한입 한입 맛을 음미해가며 머릿속에 새기려고 애쓰며 먹었을
거예요."

"기억나지, 않습니까?"

"똑같은 반찬을 만들어 먹어봤는데도 안 나더라고요. 아마 솜씨
가 달라서였겠죠."

윤곽만 남은 엄마의 얼굴처럼 엄마가 해주던 음식 맛도 희미해
져가고 있었다.

"돌아, 오실, 겁니다."

"언제요?"

"내일."

나는 그 대답을 듣고 싶었던 것 같다. 내일이 아니더라도 내일
이라는 그 말을. 우산씨가 낮은 목소리로 내일, 하고 발음하면 내
일이란 게 누가 봐도 내일처럼 생긴 형태로 그 단어 속에 놓여 있
는 듯했다. 그리고 내가 바라는 내일이 내가 상상하는 모습으로
진짜 찾아올 것만 같았다.

점심을 마치고 나는 우산씨가 후식으로 챙겨온 과일까지 얻어
먹었다. 과일 통에는 방울토마토와 꼭지를 딴 딸기, 씨를 긁어내
고 반달 모양으로 깎은 참외가 담겨 있었다. 우산씨는 비둘기에게
과자를 뿌려주면서 이따금 키티가 그려진 포크로 과일을 찍어 먹
었다. 내가 먹을 양이 줄까봐 그런가 싶어 미안해졌다. 괜히 점심

을 같이하자고 해서 우산씨의 영양소를 염치없이 다 뺏은 것 같았다. 그의 노동에도 많은 영양분이 필요한데. 줄 게 없어서 대신 나는 이야기를 들려주기로 했다. 이 이야기에 영양가가 있을지는 모르겠지만.

"우산씨, 조나스 한웨이라고 들어본 적 있어요?"

우산씨가 눈꺼풀을 끔뻑였다.

"18세기 영국에 살았던 사람이에요."

그가 마지막 남은 딸기를 먹으라는 듯 과일 통을 내밀었다. 나는 감사의 의미로 고개를 조금 숙인 뒤 딸기를 집었다. 이야기를 더 잘해야겠다는 생각이 들었다.

"우산씨처럼 우산을 쓰고 다녔던 사람인데."

그 대목에서 우산씨가 관심을 보였다.

"그것도 무려 삼십 년 동안이나요."

"삼십 년, 요?"

우산씨는 놀란 표정이었다.

"서양에서는 비를 피하기 위해 우산을 쓰는 남성은 나약하다고 여겨지던 시절이 있었대요. 그래서 남자들은 우산 대신 모자를 쓰거나 마차를 타고 다녔대요."

먹구름 빛깔 비둘기들이 바닥을 쪼며 우산씨 구두 근처로 다가왔다.

"남자가 우산을 써도 괜찮은 건 여성과 동반할 때뿐이었고, 남자 혼자 우산을 쓰는 건 마차가 없거나 이용할 능력이 안 된다는 걸 뜻해서 남자들은 무시를 받느니 차라리 비를 맞는 편을 택했대요."

우산씨는 비둘기가 놀라 달아날까봐 숨을 참아가며 이야기를 들었다.

"건강이 좋지 않아 추위와 더위를 피하기 위해서이기도 했지만, 한웨이는 우산이 여성의 전유물이란 고정관념을 깨고 싶어서 비가 오지 않는 날에도 항상 우산을 쓰고 다녔대요."

우산씨의 반질반질한 구두에 과자 부스러기가 떨어져 있었는지 비둘기 한 마리가 구두코를 콕 쪼았다. 순간 우산씨 입가에 옅은 미소가 번졌다.

"우산을 들고 다닌다는 이유로 사람들은 그를 호모라 놀렸고, 마부들은 우산이 대중화되어 영업을 방해받을까봐 그한테 구정물까지 뿌렸대요."

우산씨는 도망가기를 잘하는 비둘기가 가까이 다가온 것에 만족감을 느끼는 듯했다.

"그럼에도 그는 굴하지 않았고, 사람들이 차츰 우산의 필요성을 인식하면서 우산이 여자들 거란 편견도 사라지게 됐대요."

비둘기는 편견이 없고 다만 위험에 민감해서 자신을 보호하려고 잘 도망가는 것이었다.

"나중에는 영국 신사의 필수품이 된 우산을 그의 이름을 따서 한웨이스라 부르기도 했대요. 천과 살로 이루어진 박쥐 형태의 우산도 그에 의해 발명되었고요."

내 이야기가 끝나자 우산씨가 신중한 태도로 말했다.

"흥미롭고, 놀라운, 이야기, 입니다."

지금까지 쭉 그래오긴 했지만, 우산씨가 다른 사람들의 시선을 신경쓰지 않는 데 이 이야기가 조금이라도 영양이 되었을까. 그때 갑자기 머릿속이 핑 돌더니 중심이 흔들렸다.

"해주씨, 괜찮습니까?"

"네?"

"아픈 것, 같습니다."

"잠이 와서 그래요."

밥도 많이 먹고, 말도 많이 하고, 볕도 많이 쫴서 잠이 쏟아졌다. 갑자기 식은땀이 흐르더니 몸에서 열도 났다. 이겨보려는데 잠은 무거웠고 눈꺼풀은 무지근했다. 소리가 뭉개지고, 냄새가 멀어지고, 고개는 어쩔 수 없이 옆으로 기울고, 비둘기는 탁해졌다. 비둘기들은 얼룩덜룩한 구름 덩어리가 되어 내 눈앞을 둥둥 떠다니다 잠 속에 갇혔다. 잠이 문장을 쓰지 않는 깊고 긴 잠이라면 좋겠지만 내 잠은 그런 적이 별로 없으므로 곧 깨어날 것이다.

바람이 불었다. 구름을 타고 온 습한 바람이 파스 냄새를 풍겨서 나를 깨웠다. 화사했던 햇발은 먹빛 그늘에 물들어 있었다. 나는 여러모로 깜짝 놀라 자리에서 벌떡 일어났다. 내가 어디서 어떤 상태로 졸고 있었는지 모른 채 일어나는 바람에 우산 천장에 머리를 부딪혔다. 나도 우산씨도 당황했다. 사실 내 잘못이었고 아프지도 않았는데 그는 우산이 머리에 부딪힌 걸 미안하게 생각했다. 우산씨는 자기 우산이 타인에게 조금이라도 피해를 줄까봐 늘 조심하던 사람이었다. 나는 괜찮다고, 내가 부주의한 탓이라고, 그런데 일이 많아 이만 가봐야 한다고 말하고 집 쪽으로 뛰었다. 일을 빨리 마치면 잠을 잘 수 있는 시간이 빨리 찾아온다. 내가 우산씨의 어깨에 기대 조는 사이 편직기는 몇 켤레의 장갑을 짜버렸는가. 나의 일은 기계를 따라잡지는 못해도 근접해 쫓아가야만 했다. 노동의 긴장과 간격과 속도를 놓치지 말아야 했다. 달리면서 하늘을 올려다봤다. 구름은 질서 없이 몰려들었고, 하늘은 모처럼 구름으로 꽉 차 있어서 눈을 찌푸리지 않아도 되었다. 우산씨도 덜 더울 것이다. 구름은 마치 긴장과 간격과 속도를 놓쳐서 컨베이어 벨트 끝에 밀려 뭉쳐 있는 장갑들 같았다. 그래서 더 다급해졌다. 구름은 쌓이고 쌓여 포화상태에 이르면 땀과 눈물을 흘리지.

근면한 바오는 이미 도착해서 일을 하고 있었다. 바오가 노동의 긴장과 간격과 속도를 놓치지 않게 해주었다. 바오의 포장 속도가 너무 빨라서 장갑이 더 필요해 보였다. 나는 편직기가 방금 짜낸

따끈한 장갑을 가지러 편직실로 갔다. 그러다 잠깐 기절할 것처럼 몸이 또 옆으로 휘청였고, 벽을 짚으며 눈을 감았다 떴을 때는 깜짝 놀랐다. 우산씨가 공장 문을 열고 나의 사막으로 들어오고 있어서였다. 우산씨 손에 분홍 도시락이 들려 있었다. 우산씨가 무슨 말인가를 했는데 편직기 소리에 묻혀 들리지 않았다. 빗소리가 그의 우산에 닿은 뒤 곡선을 타고 주르륵 흘러내렸다. 우산씨는 마치 억수같이 퍼붓는 비를 맞고 서 있는 듯했다. 도시락을 돌려받으러 가까이 다가가자 우산씨가 몸을 조금 기울여 내 귀에 대고 크게 말했다.

"돕고, 싶습니다."

그의 얼굴을 올려다봤다. 우산씨는 자기 의견이 관철될 때까지 움직이지 않고 마냥 빗소리 속에 서 있을 것 같았다. 나는 하는 수 없이 우산씨를 창고 방으로 안내했다. 그가 걸음을 옮길 때마다 우산 꼭지가 천장에 닿아 기괴한 소리를 냈다. 천장이 낮은 것인지 우산씨 키가 큰 것인지, 그는 우산을 낮춰 들고 있었다. 우산씨가 신발을 벗고 창고 방으로 들어갈 때는 문을 통과하기 위해 우산을 비스듬히 기울여야 했다. 그리고 우산 꼭지가 형광등을 건드려서 들어가자마자 곧바로 양반다리를 하고 앉아야 했다. 그가 우산을 들고 할 수 있는 건 아버지 파트의 일이었다. 나는 그에게 구멍을 메우는 법과 장갑을 구분하는 방법을 알려주었다.

"장갑에는 게이지라는 게 있어요."

그가 내 말을 경청했다.

"게이지는 편직기 일 인치 안에 들어가는 바늘 수를 뜻해요."

그가 알겠다는 듯 고개를 끄덕였다.

"7G, 10G, 13G가 있는데 7G는 가장 두툼하게 짜지는 거고 13G는 얇고 촘촘하게 짜지는 거예요."

그가 장갑을 구분하려고 이것저것 비교해보더니 고개를 갸웃거렸다.

"구분은 손목 띠 색상으로 하면 돼요. 7G 손목 띠는 빨간색이고, 10G는 노란색, 13G는 초록색이에요."

우산씨가 그제야 아, 라고 작게 발음했다.

바오는 우산씨를 이상한 눈으로 쳐다보지 않았고 우산을 접어달라는 말 같은 것도 하지 않았다. 와닿는 불편이 없어서 바오는 자기 일에만 열중했다. 어쩌면 바오 또한 다른 시선으로 자신을 바라보는 사람들 때문에 아픈 경험이 있었는지도 모르겠다. 정작 우산씨를 놀란 눈으로 훑어본 건 재하 오빠였다. 목장갑이 필요해서 한 켤레 얻으러 들렀다가 우산씨가 우산을 접지도 않고 일하는 진풍경에 기막혀하며 방으로 들어와 훼방을 놓았다. 오빠는 우산이 얼마나 거추장스러운 물건인지, 그게 없으면 일을 얼마나 빨리 할 수 있는지 보여주기 위해 우산씨와 같은 작업을 했다. 그러고는 우산씨 작업량의 세 배에 달하는 장갑을 비교하기 좋게 쌓아두고 으스댔다.

"내가 이겼네?"

우산씨가 그걸 보고 분발했지만 속도가 나지는 않았다.

"그니까 우산아, 그만 접어. 홀가분하게. 무슨 신념인지 고집인지 병인지 모르겠는데, 그것만 손에서 놓으면 나만큼 할 수 있다니까? 이런 게 돕는 거지, 오히려 지금 넌 해주한테 방해만 될걸?"

우산씨가 미안한 눈빛으로 나를 슬쩍 쳐다봤다.

"자, 이제 우리 접어볼까?"

"접을 수, 없습니다."

그의 단호함에 재하 오빠는 들고 있던 장갑을 던져버렸고, 그는 굴하지 않고 우산을 한쪽 어깨에 걸친 채 묵묵히 장갑의 구멍을 메웠다. 우산 때문에 방이 어수선한 건 맞지만 우산씨는 굼뜬 속도와 서툰 손놀림으로 나를 돕고 있었다. 나의 잠을 늘려주기 위해서였다. 내가 두 번이나 우산씨 어깨에 기대어 졸아버렸기 때문에. 그는 어깨가 아팠던 걸까. 움직이지 않고 오래 앉아 있기가 기다리는 일보다 힘들었던 걸까.

한 줄이라도 그의 선의를 다른 식으로 해석해버린 나 자신이 못마땅해서 일을 도와주고 돌아가는 우산씨의 기다란 뒷모습을 오랫동안 바라봤다. 바오가 우산씨의 걸음 속도에 맞춰 곁에서 걸어주었다. 그들이 모퉁이를 돌아 사라지자 전등 하나가 꺼진 것처럼 내 주변이 어두워졌다. 나는 어두운 마음을 고스란히 지고 집으로 들어가 씻은 뒤, 어깨에 새 파스를 붙이고 누웠다.

뒤척이다 겨우 잠이 들었지만 방문 열리는 소리에 눈을 떴다. 영주였다. 영주는 불을 켜지 않고 내 옆으로 와서 누웠다. 술냄새가 났다. 베개 끄트머리에 얼굴을 파묻고 늙은 영주가 노래를 불렀다. 아련한 노랫말과 단조의 멜로디는 알코올에 젖어 있었다. 독배를 삼킨 듯 영주의 오묘한 멜로디가 내 몸속으로 퍼졌다. 영주는 자신이 만든 노래만 불렀다. 아무도 불러주지 않아서 그러는 거지만 다른 사람이 불러주고 들어준다면 영주는 노래하지 않을지도 모른다. 지금 부르는 단조 곡들은 어제 인디 레이블 사무실로부터 되돌려받은 노래였다. 만든 노래를 레이블 음원 공모에 내보기도 하지만 매번 탈락이었다. 영주는 자기 노래가 거절당한 날에는 항상 저렇게 어두운 방에서 노래를 불렀다. 영주의 노래는 어둠 속에서 들을 때 옳고, 어둠은 영주 노래에 어울리는 옷 같다고 나는 생각했다. 영주의 노래를 거부한 사람들은 아마 밝은 조명 아래서 들었을 것이다. 적어도 죽음에 가까이 닿아본 적 없는 삶을 살아왔거나 인생의 굴곡이 많지 않은 사람일 것이다.

영주에게 노래는 삶과의 마지막 타협점이었다. 점점 강도 높은 고통과 불행 속으로 자신을 몰아넣기를 거듭하다 그 끝에서 만난 죽음은 영주에게 해방감을 주었다. 그리고 드디어 완전하고 찬란한 마감에 이르겠다고 마음먹은 찰나, 무언가가 뒤에서 잡아끌었다고 영주는 말했다. 그것은 이렇게 속삭였다고 한다. 죽음은 언제라도 건널 수 있는 강이니 한발 물러서서 이 음악을 밟고 있어보라. 영주를 뒤에서 잡아끈 건 커터 칼로 손목을 그으려고 할 때 라디오에서 흘러나온 아르헨티나 노래였다. 오 분이 채 안 되는 시간 동안 그것은, 음악이 죽음이 될 수 있다는 것과 음악 뒤에서 기다리고 있는 건 죽음이란 사실을 영주에게 알려주었다. 죽지 않고도 죽을 수 있다는 걸 말이다.

영주는 음악으로 죽음을 만들었고, 만드는 순간순간 죽음을 살았다. 영주의 노랫말은 죽음의 언어였고 멜로디는 죽음의 흐름이었다. 듣고 있으면 육체와 정신이 마비되는 게, 죽음의 상태가 꼭 이럴 것 같았다. 기분은 밑으로 끝없이 가라앉았지만 이상하게 편안하기도 했다. 멀쩡한 사람은 죽음의 감정을 떠올리게 되고, 죽음을 생각하던 사람은 이해받는 심정이 되었다. 가끔 바닥으로 한 없이 내려앉는 그 느낌이 좋아서 노래를 불러달라고 청하기도 했다. 끝이라 상상하면 마음이 안정되었고, 거기다 바라는 게 아무 것도 없어지고 불안과 걱정까지 사라질 거라 생각하면 영주의 노래에 유혹당하고 말았다. 영주는 그 음악을 건너야 죽음에 이를 수 있다고 믿었다. 음악으로 죽음에 닿기. 영주는 죽기 위해 매일 죽음을 만들었고, 죽음을 부르며 하루에도 수백 번 죽는 중이었다. 영주는 다른 사람의 음악도 자살로 생을 마감한 뮤지션의 노래만 들었다. 더 좋은 곡을 만들 수 없으므로, 그들이 남긴 건 최고의 음악이 되었기 때문이다. 나중에는 그들이 자신의 음악을 최고로 만들기 위해 죽음을 선택한 거라고 오도까지 했다.

영주의 긴 노래가 끝났다. 이제 다 죽었나. 오늘 치 죽음이 끝났나.

"내 노래가 장송곡이래."

영주가 날 선 목소리로 말했다.

"귓구녕 막힌 새끼가."

어떤 나쁜 일이나 모욕적인 말도 늙은 영주에게는 하찮것없었지만, 그 대상이 음악이 되면 영주는 조금 민감해졌다. 마지막 타협점이기 때문이라고 나는 생각하는데 정작 영주는 몰랐다. 나는 영주가 아직은 모르는 게 좋다고 믿으며 당분간 지켜보기로 했다.

"그래서 뭐라고 했어?"

"장송곡 맞다. 당신 장송곡. 들었으니 당신은 곧 뒤질 것이다."

"그 사람, 오늘밤 악몽 꾸겠네."

"꾸라지."

"그게 다야?"

"아니지. 조만간 다시 찾아와서 꽉 막힌 귓구녕을 드릴로 뚫어주겠다고 하고 왔어."

영주도 나도 더이상 말이 없었다.

방충망으로 들어온 서늘한 바람이 우리의 침묵을 채웠고, 영주의 침묵은 더 긴 침묵인 잠으로 이어졌다. 나도 막 잠에 빠지려고 하는데 우산으로 바닥을 짚는 소리가 들려왔다. 딱, 딱, 딱. 우산씨가 광장을 돌아다니는 소리. 재하 오빠는 잠을 못 이룰까. 오빠한테는 미안하지만 나는 그의 발걸음에 보조를 맞추는 저 느린 우산의 걸음 소리가 참 좋다. 점잖게 규칙적으로 울리는 저 소리가 아득해지면 나의 잠이 되어주기에.

8. 지구처럼 적당히

난층운이었다.

구름 폭풍은 북쪽 하늘에서 심하게 몸을 뒤튼 뒤 무질서한 흐름으로 밀려왔다. 구름이 구름을 짓밟고 삼켜가며 진군해왔다. 먹빛 음영이 지도록 사납게 찌푸린 표정의 비구름은 발작을 일으킬 때마다 번쩍거리며 하얀 금으로 갈라졌다. 잠시 후 수십 개의 갈라진 틈새로 비명이 터져나왔다. 경보음이었다. 경보대로 빗방울은 바람의 힘을 얻어 사정없이 지상으로 떨어지면서 깨졌다. 자기만 깨지는 것이 아니라 상대방도 무서운 속도로 깨뜨렸다. 나무를 부러뜨렸고 유리창을 산산조각 냈다. 흙탕물은 순식간에 불어났다. 그 황토물에 도로가 잠기자 사람들이 쓰고 버린 우산이 사지가 꺾인 채 떠다녔다. 우산은 급류에 휩쓸리다 안에서 무언가가 잡아당

긴 듯 흔적도 없이 잠겨버렸다. 나는 모든 걸 이층 내 방 창문으로 내려다보고 있었다. 집에는 아무도 없고 나뿐이었다. 그때 두 손으로 붙잡고 있던 창틀이 흔들리기 시작했다. 잿빛 뇌운이 우리집 위로 지나가며 하얀 금을 그어대자 벼락 맞은 지붕이 흔들렸고 비바람은 기왓장을 한꺼번에 부숴버렸다. 바로 이어 천둥소리가 지붕을 무너뜨리자 빗물이 천장과 함께 내 머리로 쏟아졌다. 결국, 집이 나를 죽이고 만 것이다.

잔해에 깔린 채 눈을 떴을 때 방안은 어두침침했다. 창밖도 어두워서 새벽인가, 하며 머리맡에 둔 휴대폰을 집어들었다. 켜지지 않았다. 벽시계를 보니 오전 아홉시가 넘어 있었다. 배터리가 방전되어 알람이 울리지 않은 모양이었다. 자리에서 일어나 창가로 갔다. 우중충한 하늘은 꿈에서 본 것과 똑같았다. 꿈속에서 맞은 비가 진짜인 것처럼 축축했다. 창밖으로 손을 내밀었다. 비는 오지 않았지만 구름이 짓고 있는 표정과 낯빛은 곧 오리라는 약속이었다. 그 약속이 지켜지면 불안과 불평과 불편은 조금 누그러질까.

광장을 봤다. 우산씨는 아직 나와 있지 않았고 공장 앞에 아버지 고물 차가 주차되어 있었다. 방을 나가 아버지 방 문을 열었다. 이불을 뒤집어쓴 채 동면하고 있어야 할 아버지가 방에 없어서 공장으로 내려갔다. 영주가 통통 부은 얼굴로 바오와 함께 창고 방에서 포장을 하고 있었다. 편직실에도 아버지가 없어서 밖으로 나갔다. 아버지는 차창을 활짝 연 고물 차 안에서 의자를 뒤로 젖혀 놓고 자고 있었다. 차문을 두드리자 아버지는 귀찮다는 듯 팔짱을 끼고 반대쪽으로 돌아누웠다. 나는 문을 열고 조수석에 앉았다. 소주병 두 개와 골뱅이 통조림이 바닥에 나뒹굴고 있었다.

"언제 왔어?"

"새벽에."

아버지가 눈을 감은 채 대답했다.

"가서 씻어. 땀냄새 나."

"바다 냄새는 안 나냐?"

"바다였어? 이번에도?"

무심히 던진 내 말에 아버지가 눈을 번쩍 뜨더니 상체를 일으켰다.

"그러고 보니, 그러네."

"뭐가?"

"해주야!"

"왜."

"네 엄마를 봤다는 데가 전부 해안가 근처야! 봐라. 부산, 강릉, 이번에는 목포."

대단한 뭔가를 알아냈다는 듯 아버지가 손가락을 한 개씩 접으며 눈을 동그랗게 떴다.

"우리나라가 삼면이 바다라 섬 아닌 섬나라잖아. 다들 내륙 아니면 바다 근처에 살잖아."

나는 비를 잔뜩 머금은 구름을 쳐다보며 시큰둥하게 말했다. 그때 유리창으로 첫번째 빗방울이 떨어져 유리알처럼 부서졌다. 비가 왔다.

"다음에는 인천쯤 되겠네."

첫번째에 이어 두번째 세번째 빗방울이 점점이 떨어졌다. 드디어 두 달여 만에 비가 내렸다. 비가, 울었다. 너무 메말라 부러질 것 같던 세상은 이제 조금 촉촉하고 부드러워질 것이고, 젖어든 대지는 오래된 갈증을 해소할 것이다.

"네 엄마 고등어라면 환장을 했잖아."

아버지가 운전대를 양손으로 잡고 그 위에 턱을 괴었다.

"환장했지. 자반고등어는 별로 안 좋아하고 막 잡은 고등어 소금기 없이 구워서 양념장에 찍어 먹는 걸 특히 좋아했잖아."

"에이, 아니지. 넌 엄마가 뭘 좋아했는지도 모르냐? 무 넣고 조린 걸 좋아했어."

"이러니 엄마가 도망갔지. 막 잡은 거 석쇠로 구워먹는 거였거든."

"막 잡은, 거?"

아버지가 자기 기억에 자신 없어진 듯 고개를 갸우뚱거리다 말했다.

"그랬었나. 그래서 혹시 어부나 고등어 장수랑 눈 맞아서 도망

쳤을까. 고등어 실컷 먹게 해준다는 말에 홀랑 넘어가서 따라갔을
까. 그래서 다 바닷가 근처인가."

다시 뭔가를 알아냈다는 듯 아버지의 미간이 좁아졌다.

"고작 좋아하는 게 고등어라니. 세상에 비싸고 맛있는 음식이
얼마나 많은데."

깊은 숨을 내쉬며 내가 말했다. 유리창에 저 홀로 맺혀 있던 빗
방울이 다른 빗방울들을 만나고 만나 무게를 이기지 못해서 주룩
흘러내렸다.

"우리랑 살 때보다는 행복할까? 행복하니까 돌아오지 않는 거
겠지. 어쩌면 이제 좋아하는 게 고등어가 아닐지도 몰라. 고등어
보다 비싸고 맛있는 걸 찾아서 안 돌아오는지도."

물방울 맺힌 유리창으로 보는 바깥은 흐렸다. 아버지는 내 말에
얼룩덜룩한 유리창만 응시하다 와이퍼를 켜서 유리를 닦았다. 그
러나 닦인 유리창은 곧 도로 물러졌다.

"아버지."

"응."

"만약 엄마가 돌아오면 어쩔 거야?"

아버지는 생각에 잠겼다.

"두들겨팰 거야?"

"아니."

"그럼?"

"보듬어줄 거야."

옆에서 본 아버지는 외롭고 쓸쓸하고 막막한 표정이었다.

"잘 왔다고. 내가 다 잘못했다고."

차창 밖으로 손을 내밀었다. 손바닥을 두드리는 빗방울의 리듬이 간지럽게 느껴졌다. 빗물은 손바닥 안에 금방 고였다. 그것을 움켜쥐자 손가락 사이로 빗물이 다 빠져나가는데도 충만한 기분이었다. 언제 도착했는지 저멀리 광장에 우산씨가 서 있었다. 비오는 날 우산을 쓴 자연스러운 모습으로. 누가 봐도 보통 사람의 자세로.

"오랜만에 빗소리 들으니까 참 좋다. 네 엄마도 비 좋아했는데. 같이 듣고 있는 거겠지."

일할 생각이 없는 아버지가 라디오를 켜고 의자에 누웠다. 장마전선의 영향으로 오늘부터 전국에 비가 내린다는 뉴스가 흘러나왔다. 그만 들어가서 일하라고 재촉하자 아버지는 허리 아파 죽겠다며 붙이고 남은 동전 파스 없냐고 앓는 소리를 했다. 그러더니 잠시 후 "아, 참" 하고 머리를 들었다.

"새벽에 오는 길에 우산 그치 봤다."

"어디서?"

우산씨를 보며 물었다.

"역 뒤 둑길에서."

그곳은 어둠침침하고 습해서 인적이 뜸한 데였다.

"어두워서 긴가민가했는데 우산을 들고 있길래 내가 딱 알아봤지."

"알은척하지."

"어떤 여자랑 우산을 다정하게 쓰고 가길래 내가 모른 척해줬지."

"여자?"

"미스코리아 뺨치게 예쁘고 쭉쭉 잘빠졌더라."

"어두워서 긴가민가했다면서 그런 건 또 잘 보였나보네."

"잘 어울리더라. 원룸촌 쪽으로 가는 것 같았어."

아버지는 다시 눈을 감고 뉴스를 들었고, 나는 우산씨를 오랫동안 쳐다봤다.

비가 제법 쏟아지자 재하 오빠가 처마밑에서 말리고 있던 나무를 황급히 걷으러 나왔다. 다 걷어 공방 안으로 옮긴 오빠는 와이퍼가 움직이는 걸 보고 자동차로 뛰어와 뒷좌석에 앉았다. 그리고는 머리에 묻은 빗물을 털어내며 다급하게 말했다.

"아저씨, 왜 이렇게 늦게 오신 거예요? 문제가 심각하다고요. 도로 논의를 일 년 반 전부터 비밀리에 해왔대요. 최근에 이루어진 게 아니라요. 친구 말로는 곧 보상금 감정이 시작될 거래요. 손도 못 써보고 우리 땅 뺏기게 생겼어요, 아저씨."

"뺏기긴 왜 뺏기냐? 뺏기더라도 실거래가 그대로 다 받아낼 거고, 안 되면 소송할 거야. 드러눕기라도 해서 내가 막을 거야. 국가라는 것도 돈 없고 빽 없는 인간들은 얕잡아 보지. 우리 사정 이미 뒷조사해보고 찍소리 못할 인간들이라 판단해서 내린 결론일 거다. 헐값에 쫓아내기 쉬운 종자들이라고. 주민들 민원도 한몫했을 거야. 찬성 여론이나 마찬가지니까. 사람 잘못 봤다 그래. 어디 해보자고!"

화난 아버지가 주먹으로 클랙슨을 부술 듯 내리쳤다.

"저도 더 알아볼게요. 우리가 어떤 법적 대응을 할 수 있는지요."

"외로운 싸움이 될 거다. 여긴 우리뿐이니까. 연대할 사람도 없고."

아버지가 무거운 얼굴로 라디오를 끄고 차에서 내려버리자 재하 오빠와 내가 남았다. 더 커진 빗소리가 차창을 때렸다. 음악처럼 흐르는 빗소리가 답답하고 복잡한 마음을 달래주는 것 같았다. 비 음악이 한 곡쯤 흘렀을까. 오빠가 창문턱에 팔을 걸치고 우산씨를 시니컬하게 쳐다보며 말했다.

"어제저녁에는 우산으로 바닥을 아예 긁고 지나가데. 우리집 앞을 지날 때만 일부러 그러는 것 같아."

"우산 드는 것도 가끔은 힘들지 않을까?"

"확실한 정체도 모르는데 편들지 마라. 어제는 광장에서 같이 도시락까지 먹고. 사람들이 이상하게 봐. 딴지 거는 작자들한테 말 나기 좋은 빌미가 될 수 있고, 어떤 식으로든 이용하려고 들지도 몰라. 수상한 사람과는 일단 거리를 둬."

"오빠는 정체에 대해 알아?"

"장기 행위예술을 하는 중이래."

내가 창에서 고개를 돌리며 진짜? 라고 묻자 오빠의 말이 랩 가사처럼 빠르게 이어졌다.

"시민 반응 알아보려고 인간 심리 연구팀에서 진행하는 실험 카메라래, 그냥 노숙자래, 좀머 씨 병에 걸린 거래, 요식업을 한대, 유창하게 말하는 걸 들은 사람이 있대, 일부러 말을 저렇게 하는 거래, 화제 인물이 되고 싶은 거래, 천체물리학자래, 저러다 갑자기 사라질 사람이래, 불안해서 저러는 거래, 청년 벤처 사업가래, 무슨 일로 충격을 받아서 과거 좋았던 일을 반복하며 현실 부정을 하는 거래, 더 있었는데 입 아파서 그만할래."

오빠가 가쁘게 숨을 내쉬었다.

"그냥 유령이야."

창밖으로 팔을 뻗어 빗방울을 만지며 내가 심드렁하게 말했다.

"뭐라고?"

"사는 게 고달픈 사람들 눈에만 보이는 유령이라고."

"해주야, 뭔 소리냐. 일이 많아서 고달픈가보구나. 조만간 일손 보태러 갈게. 요즘 좀 한가하기도 하고."

그때 재하 오빠의 전화로 주문제작 의뢰가 들어왔다. 한가하다더니 오빠는 친절하게 전화를 받으며 곧장 차에서 내렸다. 이제 나 혼자 남았다. 빗소리는 더 커졌다.

비는 구원일까. 우산씨에게.

우산씨의 사막에도 비가 내렸고, 그는 비 오는 날 우산을 들고 누군가를 마중나온 듯 도로 너머를 쳐다보고 있었다. 해가 쨍쨍한 날보다는 어딘지 좀 긴장한 것 같았고, 얼굴도 상기되어 있었다. 그러나 비 오는 날의 기다림이란 것도 힘들지 않을까. 나는 차의 트렁크에서 우산을 꺼내 쓰고 광장으로 갔다. 우산은 살 하나가 망가져서 한쪽이 주저앉은 상태였다. 여전히 우리집에는 온전한 우산이 없었다. 어릴 때라면 누가 볼까 신경 쓰이거나 창피한 생각이 들었겠지만 지금은 아무렇지 않다. 이미 너무 많이 경험했고, 나이도 먹었기 때문이다.

나는 우산씨 옆으로 가서 섰다. 비는 사람을 가깝게 만든다는데, 모르는 사람과도 이야기를 주고받게 한다는데, 두 개의 우산 때문에 그와의 거리는 비가 오지 않는 날보다 더 멀어져 있었다. 나는 그와 같은 방향을 보고 서서 빗소리를 들었다. 보도블록으로 떨어지는 빗소리, 우산 위를 흘러내리는 빗소리, 나뭇잎을 건드리는 빗소리, 벤치를 때리는 빗소리는 각각 달랐다. 비의 음계. 비는 세계의 온갖 것에 닿아 연주를 했다. 비와 세계의 근사한 합주였다.

"우산씨."

"네, 해주씨."

"우산씨는 어떤 스타일을 좋아해요?"

"네?"

"그러니까…… 섹시하다든가, 귀엽다든가, 키가 크다든가 뭐……"

우산씨의 이마와 귀가 도서관에서처럼 붉어졌다. 나는 단도직 입적으로 묻기로 했다.

"누구예요? 그 여자."

"네?"

우산씨가 어리둥절한 표정으로 나를 내려다봤다. 우산을 씌워 주는 건 나에게만 하는 일이라고 믿었었다. 나는 일부러 그의 눈 을 피해 비 오는 거리를 응시했다.

"아버지가, 새벽에 우산씨를 봤대요. 둑길에서."

"애인, 입니다."

"……!"

"라고 하면, 해주씨, 질투할, 겁니까?"

고개 들어 그를 째려봤다. 이번에는 내 이마와 귀가 화끈거렸다.

"우산 속으로, 불쑥 들어와, 낯선 남자가, 쫓아온다고, 애인인, 척 좀, 해달라는, 부탁을 받았습니다."

"……"

"사는 곳까지, 무사히, 모셔다, 드렸습니다."

"잘 어울렸대요. 아버지가."

그때 우산씨가 갑자기 자기 우산 안으로 내 팔을 잡아당겼다. 그답지 않게 좀 세게 끌어당겨서 우산과 우산이 부딪혔고, 차가운 물방울이 어깨와 팔뚝으로 튀었다. 나는 그의 눈을 들여다보다가 못생긴 내 우산을 가만히 접었다. 비는 사람을 가깝게 만들었다. 우산을 같이 쓴다면. 그의 우산은 크고 넓어서 둘이 써도 어깨가 젖지 않았다.

"파스 냄새 싫지 않아요?"

"싫지, 않습니다."

그가 말했다.

"다만, 해주씨, 한테서, 파스 냄새가, 안 나게, 됐으면, 좋겠습니다."

동어반복처럼 장갑을 짜듯 동어반복처럼 내리는 비. 비는 끊어진 실처럼 내리고 있었다. 비 오는 날 광장에 서 있는 것도 역시 힘든 일이었다. 덥지 않고 우산이 보통의 물건이 되었을 뿐 그의 노동은 계속 이어졌다. 편직기가 장갑을 짜고 또 짜는 것처럼 우산씨는 기다리고 또 기다렸다. 반복은 힘든 것이기 전에 지루한 것. 지루할 때 가장 좋은 건 이야기.

"지구가 왜 푸른 행성이 됐는지 알아요?"

우산씨가 모른다는 표정으로 나를 쳐다봤다.

"비 때문이래요."

"비……"

"처음에는 금성과 화성에도 지구처럼 바다가 있고 강과 계곡이 있었대요. 근데 태양에 좀더 가까웠던 금성은 너무 뜨거워서 물이 증발해버렸고, 화성은 반대로 태양과 멀어서 너무 추웠대요. 두 행성 다 비가 순환하는 과정이 멈춰버린 거죠. 금성은 말라버린 행성이 되고, 화성은 얼어버린 행성이 된 거예요."

"지구는, 금성과 화성, 사이에, 있습니다."

"맞아요. 지구는 적당했어요. 모든 게. 적당해서 비의 순환이 계속될 수 있었고, 물은 마르지 않았어요. 그 물에서 생명이 시작되었고요."

빗줄기가 좀더 굵어졌다. 장갑 짜는 소리를 감춰주고, 실 먼지를 멀리 날아가지 않게 붙잡아둘 정도의 비였다. 아무리 빗소리가 커도 사람들은 비에 대고 시끄럽다고 말하지 않았다. 그저 가만히 창문을 닫거나 기꺼이 들을 뿐이었다.

"또, 듣고, 싶습니다."

"문명을 파괴한 것도 비였대요. 비가 너무 오랫동안 오지 않으면 도미노처럼 차근차근 무너지는 거예요. 먹을 게 줄어들고, 가격이 오르고, 자살을 하고, 사람들이 도시를 떠나서 생명은 끊어지고, 그러다 언어까지 잃게 되는 거예요."

"비가, 안 오면, 안 되겠습니다."

"비가 오랫동안 와도 문제예요. 광합성을 못하면 농작물은 죽고, 전염병이 돌고, 썩고."

"적당, 해야, 합니다."

"지구처럼 적당해야 해요."

우산씨와 나의 사이는 적당할까. 여기서 조금 더 가까워져서 뜨거워지면 안 되나. 뜨거워져서 금성처럼 물기가 바짝 말라버리더라도. 그러다 결국 비가 한 방울도 내리지 않는 행성이 되더라도.

"해주씨."

우산씨가 빗물에 젖어든 목소리로 나를 불렀다.

"우리는, 적당, 합니까?"

"지구처럼 적당해요."

적당히 내리던 비는 오후에 잠시 멈추었다.

모처럼 무덥지 않아서 창고 방에 모인 사람들은 잠시도 쉬지 않고 일했다. 영주는 아무 생각도 하고 싶지 않아서 일에만 집중했고, 좀체 얼굴에 감정을 드러내지 않는 바오는 오늘도 무사히 지나갔으면 하는 마음으로 일을 했고, 아버지는 아무것도 하지 않는 듯한 표정이지만 며칠 자리 비운 게 눈치 보여 열심히 하는 척만 했고, 나는 아무튼 빨리 끝내고 한숨 자고 싶어서 일을 했다.

각자의 사정으로, 어떤 대화나 농담 한마디 없이 일만 하느라 재미는 없었지만, 장갑보다 손이 많이 남아서 오후 다섯시도 되지 않아 작업이 끝났다. 바오는 예의바르게 인사하고 집으로 돌아갔고, 영주는 흐린 하늘을 보며 전자 담배를 피웠고, 아버지는 벽에 등을 기대고 앉아 세상에서 자신이 가장 외롭고 쓸쓸하고 막막하다는 표정을 지었고, 나는 빗자루를 들고 바닥의 먼지를 쓸어냈다.

청소를 마친 뒤 빗자루로 아버지 허벅지를 콕콕 찌르며 밖에서 좀 보자는 신호를 보냈다. 눈치 없는 아버지가 "왜 자꾸 찔러"라고 큰 소리로 말해서 영주가 잠깐 뒤돌아봤지만 크게 신경쓰지 않고 다시 먹구름에 시선을 고정했다. 먹구름은 지저분하고 더러워 보였다. 내가 또 한번 눈짓을 보내자 그제야 알아먹은 아버지가 자리에서 일어나며 "아이고, 허리야. 오늘 날씨가 왜 이렇게 후덥지근하냐. 샤워나 할까" 하며 먼저 방을 나갔다. 사이를 두고 나도 뒤따라 나갔다.

나는 아버지를 끌고 공장 뒤쪽으로 갔다. 아버지는 어디 가느냐, 영주가 들으면 안 되는 얘기가 있느냐, 무슨 중요한 얘긴데 밖으로 몰래 불러내느냐고 투덜거리면서도 잘 따라왔다. 목적지에 도착한 나는 뒤에서 아버지 어깨를 붙잡았다. 그러고는 적절한 방향과 위치를 잡기 위해 아버지의 몸을 앞뒤, 옆으로 움직였다. 준비를 마친 뒤, 나는 팔을 들어 높은 곳을 가리키며 말했다.

"아버지, 저기 봐봐."

"어디?"

"저 아파트 십삼층 모서리 창문."

날이 흐려서 마침 그 창문에 불이 켜져 있었다.

"저 창문, 쳐다보고 있어봐."

아버지는 고개를 들고 자못 진지하게 올려다봤다.

"눈은 깜빡거려도 돼."

"진작 말하지."

눈이 시렸는지 아버지가 눈꺼풀을 나비의 날갯짓처럼 파다닥,
하고 깜빡였다. 그러고 나서 아버지는 다시 진지해졌다.

"뭐 느껴지는 거 없어?"

시간이 충분히 지난 후 물었다.

나는 아버지 표정이 의미심장할 정도로 달라지는 걸 발견했다.
아버지도 알아본 듯했다. 창문의 정서를. 외롭고 쓸쓸하고 막막해
서 외롭고 쓸쓸하고 막막하게 흘러내리는 정서를. 숨통을 트이게
해줄 창문 하나를.

"느껴지는 거 있지?"

"있지."

"뭐?"

"나도 저런 아파트에 살고 싶다."

"뭐?"

"너도 아파트에서 살아보고 싶은가보구나. 다 쓰러져가는 집에
서 삼십 년 가까이 살았으니 그럴 만도 하지. 삼십오 평 정도 되려

나. 적어도 방 세 개는 될 테고, 그러면 너희들 방 따로 쓸 수 있는
데."

아버지가 한숨을 삼키며 말했다.

"열심히 돈 벌어 우리도 저런 아파트에서 한번 살아보자는 거
지?"

나는 대답하지 않았다. 자는 동안 영주의 어둠이 몸으로 스며들
지 않도록 나만의 방이 있었으면 좋겠다고 생각해왔으면서. 삼십
오 평 아파트에 살면서 법정근로시간을 지키며 일하는 날을 고대
해왔으면서도.

"미안하다. 정신 차리마."

아버지가 시르죽은 표정으로 고개를 떨구었다.

"그나저나 우리, 빚은 다 갚을 수 있을까?"

외롭고 쓸쓸하고 막막하면서 왜 못 알아봐? 왜 못 느껴? 라고
하지 않고 나는 대답했다.

"갚을 수 있어."

"언제?"

"내일."

"그렇게나 빨리?"

아버지 얼굴에 갑자기 화색이 돌았다.

"너 우리 몰래 감춰둔 돈 있구나? 그치?"

"아버지만 정신 차리면 내일이라도 당장 갚을 수 있다고."

"그런 의미였어? 난 또."

아버지가 낙심한 얼굴로 말했다.

"영주 그년도 정신 차려야 돼. 언제쯤 명곡 하나 뽑아낼는지. 노래를 듣기 무섭게 만드는 것도 재주다."

내가 숨을 깊게 몰아쉰 뒤 '정서'를 올려다보자 아버지도 창문을 향해 다시 고개를 들었다. 보고 있으니 아이러니하다는 생각이 들었다. 아파트 사람들의 민원 때문에 하루하루 괴로운데, 그들이 사는 아파트 창에서 며칠분의 위안을 찾으려고 한다는 게. 그렇게 조금 더 살아진다는 게. 아버지와 나는 각자 다른 이유로, 세상에서 가장 외롭고 쓸쓸하고 막막한 얼굴로 그것을 좀 오래 쳐다본 뒤 집으로 돌아갔다. 그사이 멈췄던 비가 다시 내렸다. 비는 사흘 동안 내렸고 모처럼 민원 없는 편안한 날들이 이어졌다.

9. 날씨 부적

장갑 공장이므로, 공장에는 수백 개의 손이 있었다. 일이라고 여기면 피곤해지므로 손이라고 생각했다. 안은 텅 비어 있지만 실로 짜서 따뜻했다. 여름에는 더웠다. 내가 잡아온 손들이었다. 내가 잡아주어야 하는 손, 날 잡아줄 손, 어쩌면 날 붙잡아버린 손, 내 청춘과 젊음을 공장에 다 바치라며 등을 떠밀어버린 손, 그러나 또 언젠가는 날 헹가래질해줄지 모른다고 믿고 싶어지는 손.

청춘의 시기에 내가 잡아준 게으른 손들도 있었다. 나는 오랜 시간 가족의 걱정을 대신 해왔다. 그들이 하지 않기 때문이었다. 한다고 줄어드는 것도 아닌데, 해결되는 것도 없는데, 줄어든다 해결된다, 줄어들 것이다 해결될 것이다, 라고 주문을 걸며 열심히 걱정했다. 그들은 자기만을 위한 걱정을 했다. 공통의 걱정은 내 몫이었다. 내일 먹을 반찬 걱정, 생활비 걱정, 대출이자 걱정. 오늘도 그들의 걱정까지 내 배에 잔뜩 채우고 편직기에서 돌아섰다. 걱정은 먹으면 먹을수록 배가 고팠다. 가끔 배가 아팠다.

누군가가 공장 문을 똑똑 두드렸다. 비가 잠시 그쳤다고 그새 또 민원인가, 하며 문을 살며시 여니 우산씨가 서 있었다. 나는 안도의 숨을 내쉬었다.

"도시락, 먹고, 싶습니다."

우산씨가 붉어진 이마와 귀를 하고 말했다.

우산씨 손에 보온 도시락이 들려 있었다. 우산씨는 둘이 먹는 도시락의 맛을 알아버리고 만 걸까. 혼자 먹으려니 허전한 기분이 들었을까. 도시락은 셋이 먹으면 더 좋고, 다섯이 먹으면 더 더 좋은데. 그래서 나는 우산씨를 기꺼이 이층으로 안내했다. 그의 우산은 좁고 복잡한 통로와 철제 계단을 요령껏 통과했다.

부엌에서 점심 준비를 하는 동안 우산씨는 평상에 앉아 광장을 응시했다. 내가 우산씨를 보던 것처럼, 내 시선으로 자신을 보는 것이었다. 지금까지 내가 그를 어떤 마음으로 바라보고 있었는지 알아버렸을 것 같아서 쑥스러웠다. 그의 우산 위로 먹구름 낀 흐린 하늘이 걸려 있었다. 우산으로 무거운 구름을 지탱하는 듯한 모습이었다. 우산도 구름도 움직이지 않아서 잠시 사진인가, 하고 착각했다.

밥상을 평상에 내려놓았다. 마침 아버지와 영주, 바오가 점심을 먹으러 이층으로 올라왔다. 그들은 우산씨를 보고 일제히 조금 멈칫하다 좁은 밥상에 둘러앉았다. 뒤이어 혼자 밥 먹는 걸 싫어하는 재하 오빠가 도시락을 들고 합류했다. 언제든 찾아와 밥 달라고 하던 오빠가 도시락을 챙겨와서 좀 놀랐다. 평상은 빈틈없이 꽉 찼고, 그의 우산이 여섯 사람의 머리 위로 둥그렇게 떠 있었다. 그때 내기를 염두에 둔 영주가 우산을 꼬나보며 말했다.

"이봐, 아저씨. 우산 좀 접지?"

"접을 수, 없습니다."

우산씨는 이번에도 단호했다.

"어수선하니까 접으라고."

"접을 수, 없습니다."

"아, 씨. 거추장스럽다고!"

"햇볕도 가려주고 시원하니 좋구먼, 뭘."

우산씨가 무안해할까봐 아버지가 어색한 웃음을 지으며 말했다.

"우리도 요 평상에 지붕 하나 세울까?"

"지금 햇볕 안 나거든."

영주가 숟가락을 들며 말했다.

우산씨는 아랑곳하지 않고 밥상 위에 보온 도시락을 차근차근 펼쳤다. 우산을 들고 있는 그가 불편할까봐 바오가 옆에서 도와주었다. 오늘도 그의 반찬은 요리책에서 오려온 듯 정갈하고 푸짐했다. 품위도 있었다. 세상에 이런 도시락도 있느냐는 듯 모두의 눈길이 그쪽으로 쏠렸다. 특히 영주와 내 시선이 오랫동안. 우산씨의 도시락 반찬은 다섯 가지로, 코다리조림, 참치계란말이, 표고버섯볶음, 무말랭이무침, 새우완자였다. 엄마가 마지막으로 싸주었던 도시락 반찬들.

먹음직스러웠는지 아버지의 젓가락이 제일 먼저 그쪽으로 향했다. 아버지는 우리 반찬은 쳐다도 안 보고 그의 반찬만 연달아 집어먹었다. 나도 다섯 가지 반찬을 차례대로 맛봤다. 놀랍게 그때 그 맛이 조금 되살아났다. 아무리 만들어 먹어도 나지 않던 그 맛이 이제야. 영주는 우산씨 반찬에 한 번도 젓가락을 대지 않았다. 거들떠도 보지 않았다. 아버지가 맛있다고 호들갑 떨며 반찬을 좀 많이 집어가자 그는 반찬통을 내 쪽으로 슬쩍 밀어주었다. 그때 재하 오빠가 쥐고 있던 젓가락을 자기 반찬에 꽂아 그의 반찬을 가장자리로 몰아냈다. 질 수 없다는 듯 우산씨가 두 개의 반찬통 위치를 바꿔놓았다. 그러자 재하 오빠가 자기 반찬을 집어서 내 밥 위에 올려주었다. 그도 똑같이 하려는 순간 영주가 숟가락으로 밥상을 한 번 쳤고, 그 소리에 하늘이 깨지기라도 한 듯 갑자기 소나기가 쏟아졌다. 누구도 예상 못했던 터라, 둘러앉은 사람들이 동시에 소리를 지르며 우산 안으로 당겨 앉았다. 비가 올 줄 알았다는 듯 우산씨만 침착한 자세와 표정으로 밥을 먹었다.

"우산 없었으면 큰일날 뻔했네."

아버지가 또 어색하게 웃으며 말했다.

"큰일날 것까지 뭐 있어. 맞으면 그만이지."

영주가 무뚝뚝하게 대답했다.

그래도 여섯 사람은 끝까지 우산 밑에서 비를 맞지 않으며 점심 식사를 했다. 아버지와 영주는 밥을 한 공기 더 먹었다. 식사가 끝나고 나서는 우산씨가 꺼내놓은 후식까지 나눠 먹었고, 그사이 소나기는 멈추었다.

"재하야, 아버지는 좀 어떠시냐? 한번 찾아가본다 하면서도 영 시간이 안 난다."

아버지가 배부른 목소리로 물었다.

"그만그만하세요."

재하 오빠 아버지는 뇌졸중 증세가 악화되어 요양병원에 일 년째 입원중이었다. 목공예에 대한 열정이 어찌나 대단한지 병원에서도 틈틈이 소품 디자인을 했고, 오빠는 디자인을 받아다 제품을 제작해 병문안 갈 때마다 보여주었다. 아저씨한테는 그것이 가장 큰 선물이었다. 아저씨의 꿈은 백 년 가게를 완성하는 것이었다. 자신이 일궈온 공방에 백 년의 역사를 입히는 것. 아저씨는 자신이 못다 이룬 역사를 재하 오빠가 이어서 기록해주길 바랐고, 그것으로 부족하면 오빠의 자식이 이어받으리라 믿었다. 이제 겨우 사십 년이 넘었으니 백 년은 재하 오빠에게 달력이 무용할 정도로 까마득한 세월이었다.

"재하야, 생각해봤는데 너라도 공방을 옮기는 건 어떠냐? 우리처럼 빚이 있는 것도 아니고 여유도 있으니까."

"의리 없게 그럴 수 없어요. 지금까지 당한 게 억울해서도 싫어요. 전 아저씨 옆집에서 계속 살고 싶어요."

"나해주 옆집이겠지."

영주가 먼산을 보며 심드렁하게 말했다.

"그만 상 치우자."

아버지의 말에 모두 움직였고, 바오는 우산씨가 도시락을 정리하고 백팩에 담는 것까지 도와주었다. 우산씨가 백팩을 메고 평상에서 일어나며 말했다.

"아버님, 영주씨."

아버지와 영주가 동시에 우산씨를 쳐다봤다.

"밥만, 많이, 드시지, 말고, 일 좀, 하십시오. 불쌍한, 해주씨만, 부려먹지, 마시고요."

모두의 이목이 그에게 쏠렸고, 그 말을 남긴 우산씨는 곧장 이층을 내려갔다. 숟가락을 던지며 "저게, 진짜!"라고 외친 영주 때문인지 그의 발걸음이 평소보다 좀 빠르게 느껴졌다. 그가 공장문을 열고 나가는 소리가 들리자 나는 광장 쪽으로 돌아앉았다. 그는 어깨에 걸친 우산을 빙빙 돌리며 느려진 걸음으로 걸었다. 혼자 광장을 향해 가는 그의 뒷모습이 쓸쓸해 보여서, 과할 만큼 비싼 브랜드의 운동화를 하나 사 신고 같이 걸어주고 싶었다.

다음날부터 장마전선이 북쪽으로 이동하면서 폭염이 시작되었다. 날이 지났다고 그날분의 태양열이 사라지는 건 아닌지, 나흘 동안 먹구름 뒤에 감춰두었던 열을 한꺼번에 쏟아붓는 듯한 날씨가 이어졌다. 사이렌을 울리며 당도하는 긴급재난문자를 낮에만 두 번 받았다. 일하기 어려울 정도의 폭염이라서 오전 작업을 네 시간만 하고 쉬었다. 그러나 해가 져도 재난은 계속되었다. 저녁에는 재난이 집안에서 일어나서 모두 입고 있던 옷차림 그대로 긴급하게 뛰쳐나갔다.

누군가는 폭염에 취하고, 누군가는 폭염에 몸부림치는 밤이었다. 나는 부채를 들고 아버지, 영주와 함께 평상에 앉아 더위를 피했다. 영주는 다리를 꼬고 누워 이어폰으로 자살한 가수의 음악을 들었고, 트렁크 팬티만 걸친 아버지는 물수건으로 가슴팍을 문지르며 더워서 곧 죽을 것 같다는 말만 반복했다. 우리도 에어컨을 사자고 투정 부리는 아버지에게 나는 "밖에 나오니까 시원하네"라는 말로 응수했다. 그때 아파트 발코니 창 하나가 세게 닫히면서 "으, 구질구질한 인간들!"이라고 하는 목소리가 들려왔다. 창문을 열어 더위를 식히려다 공장 소음 때문에 에어컨을 켜야 하는 상황이 되자 짜증나서 뱉어낸 말이었다. 불쾌해진 가운데, 고양이 우는 소리가 두 군데서 들려왔다. 누가 더 잘 우나 시합하는 것 같았다.

"고양이는 왜 밤에 울까?"

불쾌감을 잊어보려고 내가 말했다.

"새들은 왜 밤에 울지 않을까?"

해가 저물기 전까지 돌아가며 지저귀던 새들은 밤이 되면 울음을 고양이에게 양도했다. 우는 시간이 각자 정해져서 세상은 시끄럽지 않은 걸까. 새와 고양이가 동시에 운다면 새소리의 상쾌함을, 고양이 소리의 섬뜩함을 이해하지 못했을 것이다. 모기를 잡으려고 가슴팍을 손바닥으로 때리며 아버지가 말했다.

"반대로 고양이가 아침에 울거나 새가 저녁에 울면 불길한 일이 생길 징조라더라."

그렇다면 지금 고양이가 우는 건 불길하지 않은 일이었다. 그때 우리 얘기를 듣고 있던 영주가 시큰둥한 목소리로 끼어들었다.

"저녁에 우는 새는 불면증 있어서 그런 거고, 아침에 우는 고양이는 아침잠 없어서 그런 거야."

나는 광장을 봤다. 인근 상점은 문을 닫은 지 오래였고, 광장은 사람들로 북적였다. 밤과 어둠에 물든 그들은 씻어내고 닦아내도 지워지지 않을 듯한 빛깔을 띠었다. 광장의 가로등 불빛만 그들이 질러대는 왁자지껄한 소리에 취해 흥청거리는 것 같았다. 금요일 밤, 사람들은 도보로 십 분 거리인 먹자골목에서 음식을 사 들고 여기까지 찾아왔다. 대부분 커플이나 가족 단위였다. 그중 딱한 사람만 혼자였다. 우산씨만 밤과 어둠에 물들지 않아서 내 눈

에 환하게 떠었다. 밤이라고 그를 향한 시선이 관대한 건 아니었
다. 밤이라 더 대놓고 쳐다보고 수군대는 것도 같았다. 괜히 시비
를 걸어보기에 빛보다 어둠이 유리하긴 했다. 누군가에게는 밤이
주는 위력이었고, 누군가한테는 밤이 선사하는 위안이었다.

"저치는 잘 데는 있다니? 도시락을 보면 있는 것도 같고."

아버지가 우산씨를 턱짓으로 가리키며 자문자답했다.

"있는 집 자식이야."

영주가 거들었다.

"네가 어떻게 아냐?"

"다 명품이야."

"뭐가?"

"우산, 슈트, 구두, 가방, 시계."

"네가 뭘 안다고."

"우산은 마리오 탈라리코, 슈트는 아르마니, 구두는 아테스토
니, 가방은 카날리. 여기까지는 이태리제. 시계는 독일제 크로노
스위스."

"짝퉁 아닐까?"

아버지가 눈을 가늘게 뜨고 의심했다.

"그럴 수도."

"보온 도시락은?"

"락앤락."

"좀 사니까 요즘 같은 시대에 저러고 다니겠지. 젊은 놈이 일은 안 하고 말이야. 그러면서 늙어빠진 나보고 일 좀 하라네. 참 내. 나도 평생 저렇게 놀고먹었으면 좋겠다. 일 안 하고 가만히 있으면 밥 안 먹어도 배 안 고프겠지."

아버지가 코웃음을 쳤다. 나는 노는 거 아니야, 라고 하려다 관두고 말했다.

"아버지는 일도 많이 안 하면서 맨날 배고프다고 하잖아."

"다 놀 만하니까 노는 거야. 무슨 회사 오너 막내아들인데 자기 아버지한테 시위하려고 저러고 다닌다는 소문이 있어."

영주가 꼰 다리를 흔들며 말했다.

"자기 아버지 얼굴에 먹칠하려고 저런다는 거냐?"

"응."

"내가 볼 때 저놈은 그냥 강박증이다. 우산을 한시도 놓아서는 안 되고, 햇볕도 비도 맞으면 안 되는. 그래서 예비용으로 하나 더 들고 다니는 거고."

"강박증은 왜 생겼는데?"

영주가 물었다.

"나야 모르지. 아버지란 사람 때문일까?"

"그 아버지한테 시위하는 거라니까."

"이건 어떠냐. 영주야. 비가 오길 기다리는 게 아니라 비가 올까 봐 대비하는 거. 누군가를 기다리는데 그날 비가 올까봐 미리 준비하는 거. 역시 강박증인 거야."

"차라리 날씨 부적이라고 해."

"부적?"

"기우제처럼 비가 오게 해달라고 사람으로 쓴 부적."

"꼭 오게 하는 거라고도 볼 수 없지. 비를 쫓고 물리치는 부적일지도 몰라. 거 왜, 일본에 유령처럼 생긴, 처마밑이나 창문에 걸어두는 대가리만 있는 인형."

"데루테루보즈."

"데루보…… 그래 그거. 비가 내리면 손해보는 업종에서 점쟁이 말대로 세워둔 거야. 하루라도 거르거나 우산을 접으면 바로 효력을 잃는 거지. 지금 저놈은 하늘의 기운을 막고 밀어올려서 비가 내리지 않게 기청제를 지내는 건지도 몰라. 그래서 비가 안 왔던 거고."

"저번에 왔잖아."

"저놈이 그날 열심히 안 했나보지. 우산이 갑자기 고장나거나 날아가버릴 경우 부적의 효력이 상실될까봐 한 자루 더 들고 다니는 거야. 내 말이 틀림없어."

"날씨 때문에 손해보는 업종이 자기 아버지 회사인가보네. 자기 아버지 쫄딱 망하게 하려고 저런 식으로 고사 지내는 거고."

"그 회사는 비가 오면 망하는 데일까, 안 오면 망하는 데일까?"

"알 게 뭐야."

"큰 회사인가."

"크면?"

"크면 좋지. 뭐든 크면. 에이, 그래. 우리가 알 게 뭐냐. 영주야, 더우니까 노래나 한 곡 불러봐라."

아버지가 영주의 무릎을 팔꿈치로 툭툭 건드리며 말했다.

"귀신 나올 것 같은 네 노래 말고."

더우니까 영주는 귀신 나오라고 자기 노래를 크게 불렀다. 어두운 노래가 더운 밤 속으로 괴괴하게 퍼져나갔다.

우산씨는 열대야의 소란을 피해 구석으로 조금씩 밀려나고 있었다. 검은 슈트 차림이라 그런지 꼭 궁지에 몰린 소심한 밤의 사자 같았다. 우산씨는 낮 동안 조금은 자신만만하게 점거하고 있던 곳을 차근차근 빼앗겼다. 밤의 횡포였다. 그러다 결국 우산씨는 꼬치구이를 양손에 든 커플한테 벤치마저 양보해야 했다. 밤도 광장도 늘 우산씨 차지였는데 오늘밤은 그의 것이 되어주지 못했다. 게다가 밤은, 조금도 이동할 생각이 없는 것처럼, 영원할 것처럼 머물렀다.

나는 평상에서 일어나 이층을 내려갔다. 과하다 싶게 비싼 운동화는 없지만 오래 신어 밑창이 종잇장처럼 얇아진 슬리퍼를 끌고 광장으로 갔다. 우산씨는 그새 밀리고 밀려 화단 가에 서 있었다. 나는 아버지의 고물 차 트렁크에서 꺼내온 우산을 펴고 그 옆에

섰다. 한 사람보다는 두 사람이, 두 사람보다는 세 사람이 같은 행동을 하면 덜 이상해 보이지 않을까. 우산을 쓴 사람이 한 사람 느는 만큼 우리를 이상하게 쳐다보는 시선이 줄어든 것도 같았다. 이렇게 계속 늘어나고 늘어나서, 우산을 쓴 사람이 더 많아지면 우산을 쓰지 않은 사람이 이상해 보일까.

"해주씨, 이사, 갑니까?"

며칠 전 점심 먹으면서 들은 말 때문에 묻는 듯했다.

"도로가 날지도 모른대요. 합의가 안 되면 강제이주해야 할지도 모르고요."

그의 얼굴이 밤처럼 어두워졌다. 그래서 물었다.

"우산씨가 기다리는 건 언제 올까요?"

"내일."

우산씨가 그렇게 말하며 어두운 하늘을 올려다봤다.

"해주씨는, 기다리는 게, 있습니까?"

"기다리는 것보다 오지 않았으면 하는 게 더 많아요."

"어떤, 겁니까?"

"부정적인 것들이에요."

나도 하늘을 봤다.

"절망, 불행, 좌절……"

그러나 그것들은 정류장의 버스처럼 정해진 시간과 공간, 거리를 두고 나를 찾아왔다. 한때 나는 그것들이 냄새를 가졌을 거라고 상상했다. 그래서 다가오는 걸 냄새로 미리 알 수 있을 거라고. 그렇다면 행복과 기쁨에도 냄새가 있을 것이고, 때론 그것들이 어떤 달콤한 냄새를 피우며 오는지 궁금해지기도 했다. 하지만 그보다는 불행이 어떤 불쾌한 냄새를 풍기며 들이닥치는지 알고 싶었다. 시궁창이나 썩은 우유 냄새 같을까, 시금털털한 토사물 냄새를 닮았을까. 이제는 익숙해진 파스 냄새가 내게는 불행의 냄새였던 건 아닐까. 불행도 탐탁지 않은데 거기다 역겨운 냄새까지 난다면 더 견디기 어려울 것이다. 정말 피하고 싶을 것이다. 시취를 풍기는 주검처럼. 그러면 불행해지지 않으려고 다들 더 애쓰겠지.

금요일 밤은 귀가 시간을 놓쳐버렸거나 까먹은 듯 느긋했고, 폭염으로 잠드는 시간은 자꾸 뒤로 밀려났다. 광장에는 청춘이 많았다. 여름인데 그들은 봄을 살고 있었다. 한겨울에도 그들은 봄을 살 것이다. 일 년 내내 화사한 봄꽃으로 사는 나이. 나에게도 그런 나이가 분명 있었으나 봄으로 살지는 못했다. 여름 아니면 겨울이어서 무언가에 심하게 화를 내거나 누군가에게 지나치게 쌀쌀맞았다. 내 귀에는 불행이 닥쳐오는 소리만 들리는 것 같았다.

"사람은, 누구나, 자기 청춘을, 돌아보면, 아쉬운 것, 같습니다."

"우산씨도 그랬나요?"

"낭비, 했습니다."

"어떤 식으로요?"

"너무, 열심히, 살았습니다."

"그것도 낭비예요?"

"열심히, 사는 것도, 낭비입니다."

"잘 모르겠어요."

"놀면서, 청춘을, 보낸 사람은, 노느라, 낭비했다고, 말합니다. 공부를, 열심히 했던, 사람은, 안 놀고, 공부만 해서, 낭비했다고, 생각합니다."

그의 우산이 내 우산에 부딪혔다.

"낭비란, 어떻게 살아도, 찾아옵니다. 열심히 살아도, 열심히 살지 않아도."

열심히 살았지만 원치 않은 삶이었다면 낭비란 말이 맞았다. 나는 낭비했다. 낭비해서 이번 생은 실패로 간주하자고, 내가 바라는 모든 걸 다음 생으로 미뤄야 할 것 같다고 생각했다.

"인생은, 낭비하는, 겁니다. 다음 생도, 마찬가지일, 겁니다."

광장에는 청춘이 많았다. 그의 말대로라면 그들은 지금 열심히 낭비하는 중이었다.

"그래도, 해주씨는, 여전히, 청춘, 입니다. 충분히, 많이, 젊습니다. 낭비할 것도, 아주, 많이, 남았습니다."

나는 누구도 해준 적 없는 그 말을 잊지 않겠다는 듯 그를 빤히 쳐다본 뒤 하늘을 올려다봤다. 바야흐로 밤하늘에 별을 깁는 시간. 진한 구름으로 인해 별은 죽은 것처럼 까맣게 꺼졌다 다시 되

살아나기를 여러 차례 반복하며 밤을 보내고 있었다. 별빛을 만지면 아주 시원할 것 같았다. 그때, 구름이 걷힌 북쪽 하늘에서 일곱 개의 별이 선명하게 반짝거렸다.

"어, 북두칠성이에요."

내가 팔을 들어 가리킨 곳을 그도 쳐다봤다. 나는 일곱 개가 맞는지 확인하려고 손가락으로 별을 연결하며 세어봤다. 실제 북두칠성은 그림이나 사진으로 보던 것보다 항상 컸다. 그래서 좀 무서웠다. 나는 국자로 뜰 수 있는 것들에 대해 생각했고, 생각한 것을 우산씨에게 말했다. 국자 모양에 얽힌 여러 나라의 전설과 로마 시대에는 북두칠성을 이용해 군인들의 시력검사를 했다는 이야기도. 그러자 우산씨는 밤에 얽힌 한 사내의 얘기를 들려주었다. 수억 년을 살아온 별에 비하면 먼지 한 톨도 안 되는 인생을 못 버틴다는 건 시간에 대한 모독이라는 말을 듣고 자살을 멈췄다는 사내의 이야기였다. 사내는 그후로도 죽고 싶은 마음이 들 때마다 천체망원경으로 하늘을 관찰했다고 한다. 밤은 매일 그렇게 사내를 혼냈고, 어느 날 사내는 별 하나가 사라지는 장면을 목격하게 되었다. 스위치를 누른 듯 별이 빛을 잃고 조용히 스러지는 찰나의 순간을 본 것이었다. 별의 죽음. 이제야 도착한 일억 년 전의 부고. 사내는 그 소멸의 순간과 만난 선택받은 사람인 것이다. 일억 년이란 시간의 선택. 그것은 먼지 한 톨의 인생을 버텨낸 보람이자, 계속 버텨야 한다는 또다른 방식의 어둠의 조언이었다.

나는 그 사내가 누구냐고 묻지 않았다. 대신 우산에 대해 생각했다. 비가 오지 않는데도 우산을 들고 사는 불편한 생활에 대해. 직접 겪어보니 우산씨가 그동안 힘든 일을 해왔다는 걸 알게 되었다. 우산이란 건 꽤 무거워서 오래 붙잡고 있으면 손목도 아프고, 어깨도 아팠다. 물론 시선도 아팠다. 안 보일 뿐 우리 모두는 각자의 손에 우산 하나씩을 들고 사는지도 몰랐다. 그것은 불편한 것일 수도, 소중한 것일 수도 있다. 그래서 내가 말했다.

"비가 오면 좋겠어요."

그가 대답했다.

"올, 겁니다."

10. 주머니 속에 넣어둔 사진

오후 다섯시까지 납품을 마쳐야 해서 폭염 속에서 모든 손을 끌어다 일을 했다. 일손이 부족한 걸 어떻게 알았는지 우산씨가 내 사막으로 들어와 도와주었다. 우산씨가 일하는 걸 보고 빠질 수 없다는 듯 재하 오빠도 손을 보태주었다. 영주가 보행에 방해가 된다고 툴툴거리며 우산을 접어달라고 하면 그는 "접을 수, 없습니다"라고 강고하게 말했다. 우산씨가 못마땅한 영주는 허벅지로 우산을 한 번씩 툭툭 쳤고, 일부러 건드리고 싶어서 쓸데없이 그 앞을 지나다니기도 했다. 그런데도 그는 손에서 우산을 한 번도 놓치지 않고 장갑의 구멍을 메웠다. 일을 돕는 건 좋은데, 좁아터진 방에 우산이 들어차고 재하 오빠까지 부대껴 앉자 덥고 답답해 죽을 지경인지 영주는 담배라도 피워야 하나, 라고 중얼거렸다.

나중에는 도저히 참을 수 없어서 일하며 담배를 피워댔는데도 재하 오빠는 숨을 누르고 버텼다.

오전 작업을 끝내고 나서는 평상에 모여 앉아 점심식사를 했다. 시간이 없어서 대화 한마디 없이 허겁지겁 밥을 먹어야 했다. 볕이 강한 날이라 우산씨의 우산은 지붕이 되어주었다. 우산씨의 반찬은 오늘도 화려했고, 아버지는 그의 반찬에만 눈독들였다. 물론 영주는 한 젓가락도 먹지 않았다. 재하 오빠는 다른 반찬을 당기는 척하며 그의 반찬을 나에게서 밀어냈다. 식사를 마친 후 부엌에서 얼음물을 가져온 영주가 털썩 앉자 평상 다리 하나가 부러지고 말았다. 평상에 앉아 있던 사람들이 소리를 지르며 한쪽으로 와르르 쓰러졌고, 밥상도 엎어졌다. 넘어진 우산씨는 다행히 우산을 놓치지는 않았다. 그러나 많이 놀랐는지 일어나 엉덩이를 털며 영주한테 말했다. 식사 자리에서 나온 첫마디였다.

"영주씨, 살 좀, 빼십시오!"

손들 덕에 실로 짜인 손들을 무사히 제때 트럭에 실을 수 있었다. 도와준 손들에게 손을 흔들어 인사한 뒤 방으로 들어가자마자 꼬꾸라지듯 누웠다. 배달을 가기 싫어서 평상이 무너질 때 허리를 삐끗했다고 엄살 부리는 아버지를 운전석으로 밀어넣고 들어오는 길이었다. 영주와 내 몸에서 나는 시큼한 땀내와 파스 냄새 사이로 아버지가 모는 트럭 소리가 파고들었다. 그 소리는 점점 멀어지더니 이윽고 아득해졌다.

눈을 뜬 건 밤 열두시가 다 되어서였다. 늙은 영주가 치는 기타 소리 때문이었다. 아직도 잠을 자고 있는 듯 기타 소리가 몽롱하게 들려왔다. 그건 영주의 노래가 부리는 마법이었다. 늙은 영주의 노래를 듣고 있으면 잠이 오거나 잠이 들었다는 착각에 빠졌다. 영주의 음악은 죽음의 음들로 촘촘하게 짜였으므로 죽음을 닮은 잠을 불러오는 건 어쩌면 당연할지도 모르겠다. 나는 어디서든 맘만 먹으면 금방 잠이 드는 사람이지만 가끔 영주한테 노래를 불러달라고 부탁하곤 했다. 영주의 음악이 이끄는 잠에는 중노동 후 피곤이 부리는 잠과 다른 기묘한 나른함이 있어서 편하고 달콤했다. 죽음이란 편하고 달콤한 것일까. 음악이 절정에 이르면 죽음을 생생하게 만질 수 있을 것만 같았다.

이대로 다시 잠들어 내일까지 푹 자면 좋겠다고 생각했는데, 또 잠이 깼다. 늙은 영주가 연주를 마치고 연필과 기타를 번갈아 잡으며 작곡을 시작했기 때문이었다. 작곡을 하면 음들이 자꾸 끊어지기에 잠도 죽음도 같이 끊겨버렸다. 영주는 한때 몰아치듯 한꺼번에 살아본 삶을 자양분 삼아 노래를 만들었다. 자기 몸을 음으로 바꾸는 것, 음이 되는 것, 소리로 치환되는 것, 소진되는 것, 음으로 태우고 죽는 것, 끝이라고 여겨지는 곳에서 모조리 쏟아붓고 멈추는 것. 그게 영주의 작업 방식이었다. 영주는 노랫말에 행복이니 미래니 희망이니 하는 걸 담지 않았다. 늙어서가 아니라 인

146

생에 그런 건 본래 없다고 생각해서였다. 영주는 태어난 순간부터 그렇게 알고 있었는지도 모르겠다. 그러면서 늙은 영주는 말했다. 애초에 인간이 있지도 않은 걸 억지로 만들어낸 다음, 특히 영화와 소설 같은 예술을 통해 반복적으로 강조해왔다고. 사람들을 죽지 않고 살도록 설득하기 위해 예술과 예술가에게 그런 임무를 부여한 거라고. 하지만 영주는 자신을 예술가라 여기지 않고 자기가 하는 일을 예술이라고 떠들지도 않기에 자기 노래로 그런 걸 표현하지 않았다. 영주가 하는 건 예술이 아니라 그저 노래일 뿐이었고, 레이블 회사는 예술을 원하는 곳이라서 영주의 노래를 사지 않았다. 늙은 영주가 정의하는 예술이 있다면, 그건 단지 죽음에 대한 이야기이고 죽음에 대한 이야기여야 했다.

그러나 잠시 후, 자꾸 끊기던 죽음의 마디마저 완전히 멈추고 말았다. 내 잠도 그 리듬에 맞춰서 완전히 깼다. 영주가 기타를 거칠게 엎어놓자 기타줄은 아무 음도 아닌 뒤섞인 쇳소리를 내며 깊이 잠들었다. 뒤집힌 낡은 기타는 너덜너덜한 시체 같았고 영주의 늙은 몸은 더이상 음을 짜내지 못했다. 지금 영주에게 절실한 건 어둡고 우울한 마음이었다. 영주의 기분은 늘 그렇지만, 만족스러운 음을 짜기 위해서는 그보다 더 깊고 짙은 어둠을 필요로 했다. 그래서 나도 모르게 비가 오면 좋겠다, 라고 중얼거렸다.

영주는 예술가가 아니고 예술을 하는 것도 아니지만 예술가의 위대한 작품들은 아마 절망, 우울, 불행에서 나왔을 것이다. 아이러니하게도 그들은 행복이나 미래, 희망을 얘기하기 위해 자신을 그렇지 않은 상태로 몰아넣어 그것이 주는 영감으로 근사한 작품을 탄생시켰다. 희망은 절망을 먹고 피는 꽃일까. 아무짝에도 쓸모 없어 보이는 절망은 그렇게라도 희생되어야 값어치가 생기는 걸까. 불행과 절망이 새로운 무언가를 생산해내는 연료라도 된다면 기꺼이 껴안거나 맞설 수 있을 것도 같았다. 그러나 나의 그것은 내 살을 파먹고 청춘과 젊음을 어두운 빛깔로 물들여놓기만 했을 뿐 무엇도 남기지 않았다. 불현듯, 그래도 뭔가를 빚어내고 있는 늙은 영주가 부러워지고 말았다.

휴대폰을 켜서 날씨를 확인했다. 내일부터 다시 남부지방을 시작으로 흐려진다는 예보가 나왔다. 내일은 일요일이었고, 내게는 오랜만에 찾아온, 하루를 온전하게 쉬는 현실적인 일요일이었다.

몇 주 만의 휴일이라 가까운 데로 놀러가기로 했다. 바쁜 날 손이 되어준 사람들, 그러나 고작해야 아버지와 영주, 그리고 바오가 전부인 야유회였다. 재하 오빠는 마켓을 여는 날이라 갈 수 없었다. 공방 제품은 대부분 온라인으로 판매하지만 둘째와 넷째 주 일요일에는 재고 정리를 위해 오프라인 세일을 진행했다. 군더더기 없이 아름다운 만큼 가격대가 높아 조금이라도 싸게 살 수 있는 날만을 기다리는 단골손님이 많아서 약속을 지켜야 했다. 오빠에게도 현실이 비현실적이 되는, 난폭한 일요일이 이 주에 한 번씩 찾아오는 셈이었다. 일하는 일요일에 재하 오빠는 홀로 외롭고 피곤해졌다. 오빠는 못내 아쉬운 표정으로 우리에게 인사한 뒤 마켓 준비를 하러 돌아갔다.

느리지만 우산씨도 손을 보태주었으니 데려가야 한다고 하자 영주가 난색을 표했다. "접을 수, 없습니다"라고 할 거 아니냐는 것이었다. 나는 일단 우산씨한테 의견을 묻기로 했다. 그는 광장 벤치에 앉아 얇은 책을 보고 있었다. 같이 가겠느냐는 물음에 우산씨는 두말이 필요 없다는 듯 얼른 책을 덮고 일어나 우리집으로 향했다.

운전석에 앉은 영주가 창으로 얼굴을 내밀고 우산씨한테 한번 더 물었다.

"아저씨, 가고 싶어?"

"가고, 싶습니다."

정말 가고 싶은지 그는 이번에도 대답을 빨리했다.

"좋아."

우산씨가 두 걸음 자동차로 다가서자 영주가 덧붙였다.

"대신, 탈 거면 그거 접어."

"접을 수, 없습니다."

우산씨는 자기 우산을 올려다본 뒤 단호하게 말했다.

"접어야 데려갈 거야."

"접을 수, 없습니다."

"안 접으면 어쩌자는 건데?"

"탈 수, 있습니다."

"그니까 어떻게 탈 거냐고!"

"이렇게, 팔을, 창밖으로, 빼면, 됩니다."

"아, 열받어!"

영주는 고개를 젖히며 입술을 깨물고는 클랙슨을 주먹으로 마구 때렸다.

우리는 오랜 토의 끝에 트럭으로 갈아타기로 했다. 영주가 운전을 했고, 아버지와 바오는 조수석에 끼어서, 우산씨와 나는 장갑을 싣는 짐칸에 나란히 앉았다. 납품을 앞둔 장갑이 된 기분이었다. 방수 천막이 씌워져 있어서 그것을 살짝 걷어 집게로 고정했는데도 서로의 얼굴이 보이지 않을 만큼 어두웠다. 바람이 통하지 않아 한증막에 들어온 것처럼 후끈거리기까지 했다. 트럭이 출발하자 세상은 우리와 역방향으로 덜컹덜컹 흘러갔다. 그가 여러모로 불편을 끼쳐 미안하다고 말했다. 나는 두고두고 기억에 남을 명장면을 준 거라고 대답했다. 우산씨와의 모든 만남이 내게는 항상 그랬던 것 같다. 나중에 시간이 흐른 뒤 그것은 웃으며 떠올릴 수 있는 젊은 추억이 될지도 모른다. 목적지까지 가는 동안 어둠과 더위 속에서 우산씨와 나의 어깨는 맞닿은 채 같은 방향으로 여러 번 기울고 휘기를 반복했다.

우리가 도착한 곳은 동물원이었다. 장소를 동물원으로 정한 건 영주였다. 영주한테 동물원은 내가 도서관에 가는 것과 같은 맥락이었다. 내가 소설의 첫 페이지를 노트에 적어오는 것처럼 영주는 동물원에 가면 동물들의 눈빛을 자기 눈에 담아왔다. 이유를 물어본 적은 없지만 인간은 본래가 불행한데 동물은 그보다 더 처참하게 불행하다고 생각해서인 것 같았다. 영주는 곡이 써지지 않을 때 몰래 동물원에 갔다.

영주가 표를 끊어왔고 우리는 나란히 입장했다. 하늘의 구름은 질서 없이 움직였지만, 우리는 흩어지지 않고 어디든 같이 몰려다녔다. 우산씨 발이 느린 편이라 다들 저절로 그의 속도에 맞춰서 걷게 되었다. 아버지는 원래 게을리 걷는 걸 좋아하는 사람이었고, 체중 때문에 숨이 찬 영주는 금방 지쳐서 느려지고 말았고, 바오는 언제나 부지런하지만 한국의 동물원은 처음인데다 규모가 크다보니 길을 잃을까 두려워하는 어린아이처럼 우리 옆에 꼭 붙어다녔다. 다만, 영주는 우산이 '눈깔'을 찌를 것 같다며 우산씨와 멀찍이 떨어져서 걸었고, 놀러만 다니면 병이 싹 낫는 아버지는 허리 아프다는 소리를 한 번도 하지 않고 발을 뗐다. 앞마당으로 산책 나온 듯 슬리퍼를 신고 온 아버지가 뒷짐을 지며 뭘 가장 먼저 보러 갈 거냐고 물었다.

"동물원 하면 코끼리지."

영주가 숨을 헉헉거리며 대답했다.

"맹수지. 동물원은 집에서 도저히 볼 수 없는 사자, 호랑이를 보러 오는 데야."

아버지가 말했다.

"코끼리야말로 집에서 도저히 볼 수 없는 거지. 그 큰 걸 어느 집에서 길러?"

"코딱지만한 우리집에서도 잘만 기르는데 뭘."

영주가 아버지의 등짝을 세게 후려쳤다.

"우산 자네는 어떤 동물을 보고 싶은가?"

아버지가 목소리에 힘을 주며 물었다.

"기린을, 보고, 싶습니다."

"꼭 저 같은 걸 또. 위아래로 길쭉하게 늘여놓은 것이 느리기도 하고, 자네랑 똑 닮았네."

"기린은, 느리지, 않습니다. 무섭게, 달립니다."

"무섭기야 하겠지. 그 긴 모가지를 휘청휘청하며 달려오면 뭐라도 무서워."

"해주씨는, 어떤 동물을, 좋아합니까?"

우산씨가 내 얼굴을 빤히 들여다보며 진지하게 물었다.

"플라밍고요."

"왜죠?"

"색깔도 곱고, 무엇보다 부러질 것만 같은 가늘고 긴 다리로 버티고 서 있는 모습이 안쓰러워요."

바통을 이어받아 내가 바오를 쳐다봤다.

"바오 넌?"

"캥거루요."

바오는 질문이 자신에게도 오기를 기다렸다는 듯 냉큼 대답했다.

"왜?"

"새끼를 담는 주머니가 좋아요."

나는 바오가 엄마나 고향을 그리워하는 모양이라고 생각했다. 그때 아버지가 좀 빠른 걸음으로 우리를 앞서며 말했다.

"내가 좋아하는 동물이 제일 세네. 너희들을 다 잡아먹을 수 있어."

"유튜브 가면 새끼 코끼리 발에 밟혀 죽는 수사자 동영상 있는데, 그거나 봐 아버지."

영주가 아버지를 재빨리 제치며 말했다.

"이중에서 코끼리 네가 제일 세다는 거냐, 지금?"

아버지가 영주를 다시 앞지르며 말하는데, 내가 작은 목소리로 무심코 중얼거렸다.

"엄마는 무슨 동물을 좋아했지."

다들 자기 처지랑 비슷하거나 닮고 싶은 동물에 관심을 가지는 걸 보면 엄마도 분명 하나 정도는 있을 텐데, 엄마가 지금 어떤 처지인지 알 수 없을뿐더러 과거 모습이 어땠는지조차 기억나지 않았다. 다만 어디서 살고 있든 공작처럼 우아했으면 좋겠다는 생각이 들었다. 아무도 대답하지 못한 채, 우리는 푯말에 육식동물이라고 적힌 곳으로 들어섰다.

맹수 사육장은 커다란 운동장처럼 생겼는데, 사나운 동물이라그런지 안전을 위해 울타리가 단단히 쳐져 있고 관람객과의 거리도 상당히 멀어서 맹수가 새끼손가락만큼 작게 보였다. 마침 수사자 두 마리가 암사자 하나를 두고 서열 다툼을 벌이고 있었다. 아버지는 난간을 붙잡고 그 장면을 긴장된 표정으로 지켜봤다. 아버지가 본능적으로 편든 건 갈기의 윤기가 좀 떨어지는 수사자 쪽이었다. 탐색 시간이 길어지자 누군가가 "얼른 붙어!"라고 크게 소리쳤다. 거리를 둔 채 기 싸움을 하며 제자리에서 두 바퀴쯤 돌았을 때 윤기 없는 사자가 상대 사자를 향해 호기롭게 달려들었다. 노란 흙먼지가 일어나 잠시 사자들의 모습이 안 보일 정도로 혈투는 격렬했고, 포효가 공기를 찢어발겼다. 그러나 혈투고 뭐고, 동네 길고양이 다툼만도 못한 승부는 피 한 방울 없이 금세 끝나버렸다. 먼지가 가라앉는 그 짧은 사이, 윤기 없는 털을 가진 수사자가 땅에 등을 대고 드러누워 항복해서였다.

"저 새끼, 좆이 작아서 그래. 보나마나 작아 작아. 어휴, 사람이나 짐승이나."

아버지는 실망을 넘어 화를 내더니 난간에서 몸을 떼며 말했다.

"얘들아, 그만 가자. 다음은 어디냐."

가자면서 아버지는 살짝 고개를 돌려 승리한 수사자가 바위 위로 올라가 암사자 옆자리를 차지하는 장면을 부러운 눈으로 똑똑히 쳐다봤다.

다음은 캥거루. 바오는 캥거루가 주머니에 새끼를 넣고 뛰어다니는 모습을 보고 싶다고 했지만 어떤 캥거루도 주머니에 새끼를 담고 있지 않았다. 바오는 아쉬워하면서도 캥거루가 스프링처럼 공중으로 뛰어오르는 걸 봤으니 만족한다고 말했다. 초원이었다면 더 높이, 멀리 뛰었겠지만 우리가 좁아서 기대만큼 도약해주지는 않았다. 캥거루는 혹시, 겨울날 너무 추워서 앞발이 시리면 주머니에 집어넣고 다니기도 할까. 꼭 새끼만 넣는 게 아니라 자기 발도. 내 생각에 바오가 소리 내어 웃었다. 나는 바오가 환하게 웃으면 근심이 사라지는 것 같아서 좋았다. 주머니를 갖고 태어나는 동물이라니. 사람은 주머니가 없어서 태어날 때 가지고 오는 게 없고, 죽을 때도 가지고 갈 수 있는 게 없다는데. 주머니가 몸에 달린 캥거루는 뭘 가져오고 뭘 가져갈까.

"캥거루는 됐고. 난 내 몸에 주머니가 달렸으면 술이랑 담배를 가져가련다."

아버지가 말했다.

"영주, 넌?"

내가 물었다.

"죽으면 그걸로 끝이지 뭘 가져가고 말고 해."

"바오, 넌?"

내가 또 물었다.

"블랙핑크 제니요."

"이놈아, 그런다고 생사람을 데려가냐."

아버지가 피식 웃으며 말했다.

"누나는요?"

바오가 나를 쳐다봤다.

"백번을 읽어도 질리지 않는 완벽한 소설책 한 권. 우산씨는
요?"

"우산이겠지."

영주가 질문을 가로채 대답했다.

"그러면 주머니가 아니라 우산꽂이가 되겠네."

"넘겨짚지, 마십시오."

우산씨의 미간 주름이 심각하게 잡혔다.

"제가, 가져가고, 싶은 건, 좋아하는, 사람과, 함께, 찍은, 사진
입니다."

"왜요?"

내가 물었다.

"이 사람이었다는, 걸, 잊지, 않게요."

"아, 나. 이래서 대답은 맨 마지막에 해야 한다니까."

아버지가 안타까운 투로 말했지만 모두 우산씨와 같은 생각을 뒤늦게 하고 있는 것 같았다.

플라밍고는 진흙이 드러난 얕은 물에 검은 부리를 집어넣어 먹이를 흡입했다. 사람들은 발레리나 하면 백조를 떠올리지만 나는 막대기처럼 길고 가는 한쪽 다리를 접고 외발로 서 있는 플라밍고를 보면 무용수 같다는 생각이 들었다. 분홍빛 깃털 튀튀를 입은 목이 긴 발레리나.

"쟤들은 다리가 길어도 너무 길다. 밥 한번 먹으려면 모가지가 아파서 어디 살겠냐."

아버지가 말했다.

"대신 목이 길고 고무줄처럼 잘 구부러지게 되어 있잖아."

영주가 무덤덤한 목소리로 말했다.

"다리가 저리 얇아 지탱이 될까. 태풍이라도 불면 부러지겠네. 쯧쯧쯧, 관절염 오기 쉬운 무릎을 가졌어."

내가 플라밍고를 좋아하게 된 건 어릴 때 엄마가 사준 그림책 때문이었다. 코끼리, 플라밍고, 개미핥기, 거북이가 동물원을 탈출하는 내용이었는데 코끼리와 개미핥기, 거북이는 옛 버릇을 못버려서 다시 잡혀가고 플라밍고만 살아남아 동물원의 전설이 된다는 짧은 이야기였다. 얼마 전에는 티브이 채널을 돌리다 탄자니아의 어느 호수를 소개하는 다큐멘터리를 본 적이 있었다. 화산에서 흘러나온 탄산수소나트륨이 사체가 썩는 걸 막아 죽은 동물을 돌로 만들어버리는 무시무시한 호수였다. 그런데 어떤 생물도 살 수 없는 그 호수에서 플라밍고만 꿋꿋하게 둥지를 트는 장면이 나왔을 때 가슴이 신신해지는 경험을 했다. 내게 플라밍고는 살아남는 새였다.

기린은 기이해서 기린인 게 분명했다. 기린은 과히 기이했다. 긴 다리도 기이했고, 높이 상승하는 긴 목도 기이했고, 갈라진 논바닥 같은 무늬도 기이했고, 목이라고 구분해주려는 듯 목까지만 나 있는 붉은 갈기도 기이했고, 사방을 채우는 커다란 덩치도 기이했다. 누가 봐도 기이해서 기린을 쳐다보는 다섯 사람의 표정은 기이하게 똑같았다. 고개를 높이 쳐들고 입술을 살짝 벌린 모습. 익히 아는 기린인데 마치 상상 속 동물이 현실에 출몰한 듯했다. 공룡 같기도 했고, 실제로 마주하면 영상이나 사진보다 압도적으로 커서 경이롭고 신비로운 것이 북두칠성을 볼 때와 비슷한 느낌을 주기도 했다. 기린을 계속 올려다보자 나중에는 높이 떠 있는 기린의 작은 얼굴이 모서리 창문 같다는 생각이 들었다. 외롭고 쓸쓸하고 막막한 기분에 사로잡힐 때, 울음이 터질 것 같을 때 혼자 찾아가서 만났던 정서.

"정서씨, 같습니다. 기린이."

우산씨가 기린처럼 하늘을 향해 목을 길게 빼고 나만 이해할 수 있는 말을, 내게만 들리는 목소리로 소곤거렸다. 우산씨도 기린을 보며 나와 비슷한 생각을 했다는 게 기이했다. 그리고 그가 모서리 창을 '정서씨'라 부르고 있었다는 사실도 기이했다. 나는 창문의 정서를 공유했던 날처럼 그의 우산 속에 나란히 붙어서서 기이한 기린을 올려다봤다. 그가 내 옆으로 한 발짝 더 붙어서자 심장이 기분좋게 흔들렸다. 그때 아버지가 말했다.

"아까 빨간 놈은 발모가지가 길더니, 쟤는 모가지가 길구나. 모가지가 길어 슬픈 짐승이라더니, 과연 슬플 만하다."

"그건 사슴이고."

영주가 정정했다.

"긴 걸로 치면 쟤가 더 기니까 슬프기도 쟤가 더 슬프지 않겠냐."

"기린은 수면 시간이 서너 시간이래요. 다리랑 목이 길어서 누워 자다간 맹수한테 잡아먹힐 수 있어서 선 채 잠깐씩 오 분 정도 잔대요."

바오는 한국말을 연습하는 사람처럼 찬찬히 말했다.

"목이 길어서 꾸벅 졸다가는 바닥으로 꼬꾸라지겠네. 그러다 목디스크 걸리지. 모가지가 긴 슬픔이란 건 아마 목 디스크를 두고 한 말일 거다. 엄청 아플 텐데. 내가 걸려봐 잘 알지."

"아버지는 허리 아니었어?"

영주가 물었다.

"목도 아프다, 요즘은."

"그리고 사슴이라니까."

"그래서 나무에 목을 걸치고 잔대요."

"나 같네. 수면 시간이 서너 시간이라니. 대체 난 누구한테 잡아먹힐까봐 서너 시간밖에 못 자는 걸까?"

가만히 듣고 있던 내가 말했다.

"미안하다. 맹수는 나잖냐."

"미안할 것까진 없어. 아버지는 암컷도 차지 못하는 좆 작은 수사자잖아."

나는 손등으로 입을 가리고 아버지만 들리게 말했다.

"그만 가자!"

아버지가 헛기침을 했다.

그만 가자고 했지만 기이한 기린의 긴 목은 우리를 그곳에 가장 오래 머무르게 했다.

코끼리는 보지 못했다. 기린만큼 신비로운 자태로 우리 안을 서성대는 코끼리는 있었지만 영주가 보러 온 코끼리는 없었다. 나는 영주가 특별히 만나러 오는 코끼리가 있는 줄 몰랐다. 그것도 십년이 넘도록. 비밀이 없는 자매 사이라고 믿었는데. 자기 음악 말고는 무엇에도 관심 없다고 생각했는데. 특별한 그 녀석의 이름은 코리. 태국 서커스단에 있다가 극적으로 구조되어 한국으로 온 코리는 한쪽 귀가 찢겨 절반이 없는 코끼리라고 했다. 그 귀 때문에 녀석은 무리에 섞이지 못하고 항상 우리 구석에 소심하고 우울한 눈빛으로 엉거주춤 서 있기만 했다고. 영주는 중학생 때 그 모습을 보고 처음 노래를 만들게 됐다고 고백했다. 나는 그 노래를 선연하게 기억한다. 영주가 담배를 입에 물고 창밖을 볼 때마다 흥얼거리던, 가사에 코끼리가 자주 나오던 슬픈 곡조의 노래. 내 몸에 스며들어 나도 모르게 따라 부르곤 했던 그 노래를. 담당 사육사를 만나고 온 영주가 어두운 얼굴로 말했다.

"많이 아프대."

영주는 지금껏 한 번도 보여준 적 없는 표정을 지었다.

"서커스단에 있을 때 학대로 다친 무릎이 아파서 일어서지 못한대."

코끼리 사육장을 나온 우리는 동물원을 더 둘러보지 않기로 했다. 우리는 흩어지지 않고 침묵한 채 천천히 걸었다. 왔던 길보다 집으로 돌아가는 길이 멀게 느껴졌다. 하늘은 물방울로 촘촘하고 두껍게 짜인 먹구름을 잔뜩 머금고 있었다. 먼 데서 바람이 불고 있으니 비도 곧 올 것이다. 가다 말고 아버지는 낯빛이 좋지 않은 영주를 구석으로 끌고 가 담배를 피우고 돌아왔다. 나는 함께 오지 못한 재하 오빠에게 전화를 걸어 좋아하는 동물이 뭐냐고 물었다. 오빠가 너는 뭔데? 라고 물어서 플라밍고라고 했더니 그럼 앞으로 나도 플라밍고 좋아할게, 라고 대답하고 전화를 끊었다.

그럴 기분은 아니었지만 우리는 동물원을 떠나기 전 기념사진을 찍기로 했다. 남는 건 사진밖에 없다는 아버지의 성화 때문이었다. 모여서 한 장을 찍은 뒤 우산씨와 내가 단둘이 한 장을 찍었다. 단체사진 속 영주는 어두운 표정이었고, 아버지는 서서도 잠을 자는 사람처럼 눈을 감고 있었다. 사슴 같은 눈망울로 허공을 멍하게 응시하는 바오의 모습은 어딘지 쓸쓸해 보였다. 우산씨는 자기 우산이 절반밖에 나오지 않은 걸 아쉬워했다. 그래서 나와 한 장을 더 찍었다. 우산 꼭지까지 나와야 한다고 해서 멀리서 찍다보니 그의 얼굴도 내 얼굴도 작게 찍혀서 잘 보이지 않았다. 혹시 우산씨는 이 사진을 주머니에 넣어두고 싶을까.

집에 도착한 나는 시동을 끄고 내리는 영주를 잡아끌어 공장 뒤로 데려갔다. 아파트 앞에 나란히 선 뒤 십삼층 모서리 창을 손가락으로 가리키며 말했다.

"저 끝에 있는 창문, 봐봐."

귀찮아하면서도 영주는 외롭고 쓸쓸하고 막막한 얼굴로 그것을 올려다봤다. 창문의 정서에 젖어들 만큼 시간을 충분히 주고 물었다.

"혹시 느껴지는 거 있어?"

"응."

"뭔데?"

"높다."

"그뿐이야?"

"아니."

"그럼?"

"높아서 저기서 뛰어내리면 한 번에 죽을 수 있겠다."

저기서 뛰어내리면. 나는 영주의 말에 처음으로 그것을 생각했다. 지금까지 나는 여기서 저길 올려다보기만 했지 저기서 이곳을 내려다볼 때의 느낌에 대해서는 헤아린 적이 없었다. 허공에 걸린 채, 떠 있는 채 저 창에서 여기를 내려다보는 건 어떤 기분일까, 잠시 상상해봤다. 위로 팔을 뻗으면 하늘뿐인 곳. 저기서 뛰어내리는 사람은 정말 외롭고 쓸쓸하고 막막한 사람일 것이다. 갈 데가 없어서 몸을 던졌을 테니 그런 심경일 것이다. 나는 영주의 음습한 기운이 또 스며들고 말았다는 걸 뒤늦게 깨닫고 떨쳐내듯 머리를 흔들며 말했다.

"왜 못 알아봐? 왜 못 느껴?"

"뭘 알아보고, 뭘 느껴야 하는데."

영주가 나른한 목소리로 말했다.

"너 지금 외롭고 쓸쓸하고 막막하잖아."

"지금? 지금만 그런 게 아니라 난 늘 그래. 아니, 사람은 누구나 늘 그래."

피곤한 기색의 영주는 돌아서서 집으로 터벅터벅 걸었다. 나는 영주 뒤를 말없이 따라가며 생각했다. 영주처럼 외롭고 쓸쓸하고 막막한 정서가 지나쳐도 알아보지 못하는 걸까. 늘 그런 상태면 감각이 없어지는 걸까. 나는 대문을 열다 말고 광장을 봤다. 집으로 돌아갔는지 우산씨는 보이지 않았다. 우산씨와 나는 등온선이란 생각이 들었다.

11. 간절해진다는 것

월요일 아침에 두툼한 우편물을 받았다. 재하 오빠와 우리집에
각각 한 통씩이었다. 내용과 형식은 똑같았다. 시장통 같은 일반
인들의 말로 떠돌던 소문이 공문서 양식에 담겨 있었다. 소문은
난해한 행정 언어로 변환 정리되어 지루한 공무원의 표정을 하고
도착했다. 행정 언어는 외국어 같아서 여러 번 읽어도 뜻을 이해
하기가 쉽지 않았다. 누군가의 번역이나 행정 용어 사전이 필요할
듯했다. 백지 위, 공무적인 자세와 격식을 갖춘 문투의 단어와 문
장들. 업무상 쓰는 표현이겠지만 그것에 배어 있는 목소리는 친절
하지 않았고, 오히려 '난해함'으로 겁을 주거나 위계를 드러내려
는 것처럼 보였다. 무미건조하고 뻣뻣하고 재미도 없는 문서를 해
독한 재하 오빠가 요약해주기를, 우리 토지가 도시계획시설 부지

날씨와 사랑 165

로 지정되어 도로가 개설될 예정이니 토지수용 절차에 따라 위원회에서 선정한 감정평가 기관 두 군데를 통해 토지 보상금이 결정될 거라고 했다.

"땅을 팔지 않을 방법은 없어요. 최대한 보상금을 많이 받을 수 있도록 우리 권리를 찾는 게 중요해요."

재하 오빠가 통지서를 들여다보며 아버지에게 말했다.

"보상이 제대로 안 되면 어떻게 해?"

내가 물었다.

"정해진 기간 내에 이의신청을 하거나 행정소송을 걸어야 해. 하지만 우리가 보상액에 불만이 있더라도 사업 시행자가 보상금을 법원에 공탁하면 토지소유권을 가지게 돼."

"사업 결정을 백지화할 수는 없어? 토지소유자도 모르게 자기들 맘대로 사업 계획을 하는 게 어딨어?"

영주가 담배를 피우며 분개했다.

"그게 국가야. 어떤 사람들은 자기 땅이 공익사업에 포함된 걸 아예 모르거나 다 끝낸 뒤 통보해줘서 아는 경우도 많대."

우리는 두 통의 공문서를 땅으로 떨구며 하늘을 올려다봤다. 험난한 우리 미래처럼 검은 구름이 저 끝에서 몰려오고 있었다.

아버지가 안방에 켜둔 라디오에서 낮부터 전국이 다시 장마권에 들겠다는 뉴스가 흘러나왔다. 타이완 남동쪽 해상에서 발생한

제3호 태풍 '메기'의 북상으로 제주도 앞바다에 오늘밤을 기해 태풍 예비특보가 발효됐으며 현재는 중형급 태풍이지만 내륙으로 진입하면서 세력이 강해질 전망이라고 기상 캐스터가 전했다.

아버지는 마루에 앉아 휴대폰으로 로또 복권을 맞춰보고 있었다. 한 장의 예견된 절망 앞에서 아버지는 낙심한 표정을 지으며 빗나간 번호를 확인하고 또 확인했다. 나중에는 연필로 번호 여섯 개에 동그라미를 그렸다. 그렇게 표시하니 꼭 당첨된 듯 보였지만 아버지에게는 희망 같은 것이었다. 아버지는 그 희망을 위해 매주 복권을 샀다. 돈벼락을 맞고 싶어서가 아니었다. 아버지는 친구의 친구의 친구 얘기를 우연히 듣고 난 뒤 복권을 사기 시작했다. 건설 노무자인 친구의 친구의 친구라는 그 남자는 바람난 부인과 이혼하고 어린 두 아들을 데리고 하루하루 힘겹게 살아가는 사람이었다. 지긋지긋한 가난에서 벗어나고자 삼 년 동안 한 번도 거르지 않고 매주 토요일 오후 다섯시 집 앞 슈퍼마켓에서 로또를 샀는데, 어느 날 당첨이 된 것이다. 남자는 세금을 공제하고 십오억을 수령했고, 소문이 어떻게 그 먼 제주도까지 전해졌는지 뻔뻔스럽게 부인이 집으로 찾아왔다고 했다. 자신이 아이들의 친모라는 걸 내세우며 당첨금을 나눠달라고. 아이들 생일날에도, 초등학교에 입학할 때도 전화 한 통 없던 여자가 말이다.

"그래서 나눠줬대?"

얘기를 듣고 내가 물었었다.

"아니. 그랬더니 매일 집 주변을 서성댄다더라. 이럴 줄 알았으면 이혼 안 하는 건데 후회하면서. 옛정을 봐서 일억만 달라고 하루에도 수십 번 전화에 문자에, 그런 골치가 없다더라."

아버지는 남자와 같은 일이 생기길 바라며 복권을 샀다. 당첨되면 동네방네 소문을 내고, 복권을 얼굴에 대고 찍은 사진과 동영상을 유튜브, SNS 등 온갖 매체에 올려서 그 소식이 엄마한테 닿게 하려고. 아버지와는 이혼한 것도 아니므로 돌아올 구실이나 명분은 충분히 있으니, 당첨 사실을 알게 되면 엄마가 곧 돌아오리라 믿으며 매주 꿈의 번호 여섯 자리를 조합했다.

나는 아버지 옆에 앉았다. 아버지가 현관문 밖을 상심한 눈빛으로 내다보며 말했다.

"어젯밤에 꿈꿨다."

"무슨 꿈?"

"네 엄마가 고등어랑, 아니 고등어같이 생긴 놈이랑 자는 꿈."

"아버지."

"응."

"그만하자."

아버지가 고개를 돌려 나를 물끄러미 쳐다봤다.

"이제 그만하자, 응? 그만해."

"……"

"그 정도면 아버지도 할 만큼 했으니까, 그만하자."

아버지는 말없이 문밖으로 시선을 둔 채 복권을 짝짝 찢었다. 돈벼락을 맞고 싶어서 산 복권이 아닌데, 우리 재산을 우리 의지와 상관없이 빼앗기 위해 무표정한 얼굴로 도착한 우편물 때문인지, 아버지는 어느 회차보다 돈벼락을 맞고 싶은 표정을 하고 있었다.

일손이 부족하지 않은 날이라, 일말의 양심은 남아 있는 영주와 아버지가 나한테 휴일을 하루 줘서 외출을 했다. 은행에 들러 대출금을 상환하고, 마트를 거쳐 떨어진 생필품을 이것저것 구입하고, 찬거리를 사다 밑반찬을 만들고 하려면 쉬는 것도 아니었다. 그래도 숨이 턱턱 막히는 공장에 있는 것보다 바깥 공기를 마시는 게 훨씬 좋았다. 나는 볼일을 다 본 뒤 시간이 남아서 문방구에 들러 노트 한 권과 볼펜 한 자루를 샀다.

월요일의 도서관은 한적했다. 나는 창백한 정적에 잠겨 새 노트에 소설의 첫 페이지를 옮겨 적었다. 도서관이란 데가 원래 조용해서 그런지 종이에 입혀지는 검은 문장들은 죽음처럼 고요했다. 지금은 고요해도 적어두면 나중에 그것은 한 번씩 소리 내어 내게 말을 걸어왔다. 처음 어떤 작가의 첫 문장이 말을 건네던 날, 나는 깨달았다. 이것도 일종의 여행이었다는 걸. 여행의 시작이었다는 걸. 나는 돈이 없고 쉴 수 있는 날도 별로 없어서 멀리 떠나지 못하지만 이런 식으로 여행을 하고 있었다는 걸. 나는 깨달음을 준 그 작가의 책을 빌려서 밤새워 읽었고, 그 작가는 마지막 문장까지 소리 내어 말을 걸어왔다. 아직까지 그 책은 내가 죽으면 주머니에 담아가고 싶은 소설이다.

고요하던 종이 위 문장이 깨지고, 도서관의 정적도 덩달아 부서져내렸다. 긴급재난문자 알림처럼 갑작스럽게 울린 천둥소리 때문이었다. 노트에 얼굴을 묻고 깊은 잠에 빠져 있던 나는 놀라서 깨어났다. 유리창이 갈라질 듯 번쩍거리며 비가 쏟아졌다. 구름이, 구름이 하는 일 중 하나를 하고 있었다. 나는 침을 닦으며 책상에서 일어나 창가로 갔다. 고장난 형광등 불이 잠깐 들어왔다 꺼지는 것처럼 하늘 전체가 끄먹끄먹 깜빡거렸다. 번개가 칠 때마다 먹구름에 푸른 실금이 졌다. 번개에도 맛이 있을까. 있다면 시큼한 맛이 날 것이다. 혀를 찌르고 들어오는 아주 시큼하게 아픈 맛. 비는 쉬 그칠 것 같지 않았고, 얼마나 정신없이 잤던지 십 분 후면 벌써 폐관 시간이었다. 나는 일단 짐을 챙겨 열람실을 나갔다.

숨이 찼다. 무거운 짐을 들고 도서관 계단을 내려와서가 아니었다. 나는 이제 구분할 줄 안다. 숨참의 여러 종류를. 무엇이 사람을 숨차게 하는지, 그 여러 가지의 차이를. 지금은 사는 게 힘들거나 불안하거나 텁텁한 여름 열기 때문에 그런 게 아니라는 것을. 간절해지지 않으려고 했다. 그래서 간절해지지 말자고 되뇌곤 했다. 밤마다 내가 자는 사이 영주의 어두운 음들이 스며들어 간절해지지 않게 도와주기도 했다. 그럼에도 가끔은 너무 간절해서, 그 간절함에 몸이 지쳐버리곤 해서, 다시는 간절해지지 말자고 다짐했었다. 그런데 여전히 나는 간절했나보다.

우산을 쓰고 빗속에 서 있는 그를 보자 간절했다는 걸 심장이 먼저 알아채서 숨이 가빴다. 그가 내 앞으로 다가와 짐을 뺏어 든 뒤 늘 한 손에 들고 다니던 접힌 우산을 건넸다.

"제가 써도, 돼요?"

그가 고개를 끄덕였다. 나는 도트 단추를 풀어 그와 똑같은 푸른 우산을 비가 쏟아지는 하늘을 향해 폈다. 안 펴지는 우산일 거라 상상한 적이 있었는데 우산은 봄날의 꽃처럼 활짝 피었다. 크고 넓은 돔과 구김 없이 우아한 곡선을 가진 우산은 살 끝 천이 찢어져 있지도, 살대가 꺾여 있지도 않았다. 손잡이의 그립감은 젊은 아가씨의 손을 잡은 듯 부드럽고 편안했다. 그 우산에 하늘과 비가 가려졌고, 나는 젖지 않았다. 그가 무거운 짐을 들어줘서 우산만 쥔 내 손은 솜사탕처럼 가벼웠다. 피곤도 가벼워졌다. 나는 우산으로 후드득 떨어지는 빗소리를 낱낱이 들으며, 우산살 끝으로 흘러내리는 빗방울을 주의깊게 살피며 걸었다. 이토록 아름다운 자태로 비를 막아주는 우산은 처음이었다. 집을 나올 때 우산을 챙기지 않기를 잘한 것 같았다. 보통의 시선을 받으며 그의 보폭에 맞춰 빗속을 천천히 걷고 있지 않은가. 그와 함께 있으면 시간조차 게을러진 듯 느리게 간다고 느끼곤 했다. 마음이 여유롭고 한가로워서 잠시 내 인생이 지금껏 쭉 그러했고, 앞으로도 그러할 거라 착각하게도 되었다.

"어떤 화가는 우산을 비밀스러운 하늘이라고 했대요."

고개 들어 우산을 올려다보며 말했다. 둥그런 돔과 그것의 모양을 견고하게 잡아주는 뼈대의 구조를 보고 있으니 우산이란 허공에 지어진 건축물 같다는 생각이 들었다.

"멋진, 표현입니다."

"우산은 개인적이고 사적인 데가 있잖아요."

우산은 상대방에게 들키고 싶지 않은 어떤 걸 감춰줄 수 있고, 보이고 싶지 않은 무언가를 가려줄 수 있으며, 나아가 누군가를 속일 수도 있고, 하기 어려웠던 말에 용기를 줄 수도 있다. 나는 지금 그가 빌려준 우산으로 숨차는 심장을 감추며 걷고 있었다. 그러니 그의 우산이야말로 가장 비밀스러운 데가 있었다. 그의 우산은 사람들의 이목을 끄는 물건처럼 보이지만 그는 타인의 시선으로부터 자유로워지기 위해 우산을 들고 있는지도 모른다.

"오늘도, 첫 페이지를, 적었습니까?"

"네."

"다음에는, 마지막, 페이지를, 적는 건, 어떻습니까?"

"왜요?"

"시작이, 있으면, 끝이, 있습니다."

끝에 대해 생각해보지 않은 건 아니었다. 일부러 외면한 면도 있었다. 끝을 안다는 건 두려운 일이었다. 이야기의 결말과 상관없이, 세상의 모든 마지막 페이지에 찍힌 마침표 속에는 너무 깊은 고독이 담겨 있다고 생각했다. 단지 점일 뿐인 그 마침표 뒤, 더이상 아무것도 없는 빈 공간이 주는 적막감, 그곳에 나 혼자 남겨두고 어디론가 모두 떠나버렸다는 느낌, 그리고 계속될 수 없다는 분명한 사실 앞에서의 막막함. 마지막으로 아무 말도 건네지 않는, 죽음과도 같은 끝의 침묵. 그것은 종이 위로 난 또다른 창문의 정서였다. 나는 아직 그것까지 노트에 옮겨놓고 싶지는 않았다. 물론 적다보면 마지막 페이지만으로 충분한 소설이 있을 것이고, 앞에 무슨 줄거리가 펼쳐져 있을지 궁금해져서 시작부터 끝까지 읽게 만드는 마법 같은 이야기도 있을 것이다. 그러나 지금은 첫 페이지의 끝나지 않음과 끝날 리 없음에서 비롯되는 가득함이 좋았다. 젖은 길을 걸으며 나는 이 말을 그에게 했다. 빗소리에 섞인 말이었다. 빗소리에 섞인 말이므로 빗소리와 함께 기억될 거라고 생각했다.

"또, 듣고, 싶습니다. 해주씨가, 해주는, 우산, 이야기."

"처음에 우산은 비가 아니라 해를 가리기 위해 만든 거였대요."

"양산, 이었군요."

"옛날에 우산은 시중이 옆에서 드는 거였고요. 우산은 중국어로 싼인데 헤어지다라는 뜻의 한자와 발음이 비슷해서 연인끼리는 우산 선물을 하지 않는대요."

그때 천둥 번개가 치고 비바람이 크게 불어서 우산으로 앞을 가리며 걸었다. 거센 바람에 둥그런 우산이 오므려져 더 둥글어졌고, 한 발 한 발 내딛기 어려울 정도라 우리의 대화는 저절로 멈췄다. 그와 나는 비바람을 가르며 집까지 남은 길을 말없이 걸었다. 태풍이 불면 이제 나는 오늘을 떠올릴 것이다. 영주와 학교 가는 길에 뒤집힌 우산을 담임한테 들켜서 치욕스러웠던 그날이 아니라. 기억을 지우는 건 또다른 기억이었다.

바람 부는 어두운 밤. 음표를 닮은 빗방울들은 떨어지며 음이 되었고, 오랜만에 영주의 음도 되어주었다. 계속 들으니 늙은 영주의 손가락 끝에서 툭툭 끊기는 기타 음들이 영주의 것인지 빗방울의 것인지 분간되지 않았다. 나는 빗소리를 가까이 듣고 싶어서 창가로 갔다. 탁, 타, 다, 탁. 그랬더니 이번에는 그것이 누군가 빗방울로 치는 다급한 모스 신호처럼 들렸다. 조각조각 자음과 모음이 모여 음절이 되고 낱말이 되고 문장이 되고 문단이 되고 이야기가 되어 거대한 흐름으로 마을을 덮치지만 끝내 전해지지 못하고 흘러내리는 안타까운 마음. 그 마음을 아랑곳 않고 비는 지금 이야기를 퍼붓는 중이었다. 아무도 모르는 이야기이거나 누구도 들어주지 않는 이야기.

추운 듯 파르르 떠는 유리창 뒤로 광장의 창백한 가로등 불빛이 희미하게 퍼져 있었다. 느티나무는 바람이 하라는 대로 가지를 흔들어 나뭇잎을 떨구었다. 바닥에 들러붙은 젖은 이파리는 바람이 불어도 더이상 날아가지 못했다. 우산씨는 아직도 돌아가지 않고 바람과 비 속에 서서 어딘가를 쳐다보고 있었다. 우산은 느티나무와 달리 비바람을 이겨내려 몸부림쳤다. 그건 우산씨의 의지 같았다.

그와 비와 우산은 무슨 관계일까. 지금까지 지켜본 우산씨는 기다리기보다 일부러 놓치고 있다는 느낌이었다. 기다리는 걸 그다지 고통스러워하지 않는 것 같았다. 기다리는 데 지쳐 이젠 기다림을 기다리는 것도 같았다. 처음에는 분명 뭔가를 기다렸으나 시간이 오래돼서 지금은 그게 무엇인지 잊어버린 것은 아닐까. 그러나 따지고 보면 우리는 평생 무언가를 기다리며 산다. 기다리는 건 결국 오거나 오지 않는다. 어떤 것은 기다리지 않아도 누구에게나 공평하게 찾아온다.

"집에서도 저러고 있나."

어떤 낌새도 없이 영주가 내 옆에 서 있어서 놀랐다.

"집에서도 '접을 수, 없습니다' 할까."

영주가 창문을 열어젖히자 방으로 비 냄새가 들어왔다.

"집이 무시무시하게 크고 천장이 높아서 접을 필요가 없나."

영주가 내뿜는 전자 담배 연기가 비에 젖었다.

"잘 때도 들고 자나."

전자 담배는 아버지가 피우는 일반 담배보다 연기가 훨씬 많이 났다. 가짜가 가짜가 아닌 척하려면 과장이 필요한가. 왠지 저 연기도 가짜 같았다.

"버스, 택시, 지하철을 이용할 수 없으니 걸어다니겠지. 걸어다닐 정도면 집이 여기서 멀지 않다는 거겠지."

영주가 죽음의 흰 고리를 연속으로 뿜어냈다. 모양이 금방 찌그러지지 않는 걸 보면 연기는 비에 젖지 않는가. 가짜 연기라 안 젖나.

"그래서 내가 따라가봤지."

"미행을 했다는 거야? 왜?"

바람 때문에 내 쪽으로 날아온 연기를 손으로 휘저으며 물었다.

"명품인지 짝퉁인지 확인해보려고."

그런 이유로, 영주는 우산씨 뒤를 따라가봤다고 말했다. 영주가 묘사한 그날을 나도 상상으로 동행했다.

광장 벤치에 앉아 점심식사를 마친 우산씨는 백팩에서 과자를 꺼냈다. 봉지를 뜯어 공기를 뺀 뒤 주물러서 과자를 잘게 부쉈다. 그러고는 봉지 속으로 손을 집어넣어 과자를 한 줌씩 꺼내 광장 바닥에 뿌렸다. 어떻게 알고 방금까지 몇 마리 없던 비둘기들이 순식간에 우르르 나타나 그를 에워쌌다. 그렇게 모인 비둘기들은 군중 같았고, 그것들은 군중처럼 대단히 시끄러웠다. 얼룩덜룩한 것이 먹빛 비구름떼 같기도 했고, 그래서인지 비구름처럼 빠르게 흩어졌다 다시 한곳으로 뭉게뭉게 모였다. 그는 과자를 뿌리며 광장을 느린 걸음으로 빠져나갔다. 비둘기들은 그가 과자를 뿌린 데까지만 뒤뚱거리며 따라나섰다. 영주는 우산씨가 광장을 벗어나면 어디로 가는지, 무얼 하는지, 누굴 만나는지 궁금했다. 들키지 않고 계속 쫓는다면 어디서 사는지도 알아낼 수 있을 거라 생각하며 뒤뚱거리는 몸으로 따라붙었다.

심심하게도 그의 행동은 광장을 벗어났다고 별반 달라지지는 않았다. 느린 걸음걸이도, 우산을 쓰고 걷는 것도, 왼손에 쥔 우산을 지팡이로 활용하는 것도. 그러지 않아도 걸음이 느린 우산씨는 가다 자주 멈춰 서서 잡화상을 구경하느라 더없이 느려졌다. 안으로 들어갈 수 없어서 유리창을 통해 물건을 두루 살핀 그는 아이쇼핑이 끝나면 다시 정처 없이 걸었다. 성급하지 않고 걱정 없는 모습으로 천천히 걷고 또 걸었다. 거북이를 줄에 묶어 산책시키는 건가 싶을 정도로 돋보이게 느린 걸음이었다. 그는 낭만적이고 유유자적한 도시 산책자 같은 자세와 기품으로 발을 옮겼다. 바쁘고 빠른 도시인들 사이를 보란듯 달팽이처럼 굼뜨게 걸었다. 권태를 모르거나 모른 척하는 태도로 발을 내디뎠다. 그의 시간은 따로 흘렀다. 그래서 눈에 띄었다. 다급한 도시인 입장에서는 자기 삶의 속도를 방해하는 것 같아 자꾸 쳐다보게 되었다. 너무 느린 탓에 영주 또한 간격을 두며 걷느라 하는 일도 없이 한곳에 오래 머물러야 했다.

　그는 자기 우산이 보행에 피해를 끼치면 정중히 머리 숙여 사과
했다. 그러나 그런 일은 어쩌다 한 번이었다. 우산은 늘 가장 높은
곳을 선점했다. 멀리서도 삐죽 솟구친 우산만으로 그라는 걸 쉽게
알아볼 수 있었다. 행인들은 그를 한 번씩은 꼭 쳐다봤다. 버스나
자가용에 타고 있는 사람들도 마찬가지였다. 그는 자기 우산과 관
련된 것 말고는 주변을 경계하거나 타인의 시선을 신경쓰지 않았
다. 그래서 영주는 맘놓고 우산씨 뒤를 밟을 수 있었다. 주위를 의
식하지 않는 그와 어디서든 눈에 띌 만큼 높이 솟은 우산 때문에.

　"진짜, 유령인가."

　영주가 빗속에 우두커니 서 있는 그를 쳐다보며 중얼거렸다.

　"운동화 종합 매장 앞에서 잠깐 한눈을 팔았는데, 그사이 감쪽
같이 사라져버렸어. 도저히 갑자기 없어질 만한 곳이 아니었는데
없어졌어. 시간상으로나 공간상으로나 불가능했는데 안 보였어."

　"미행당한 걸 알고 숨어버린 거 아닐까?"

　"좁은 골목까지 샅샅이 뒤졌는데도 거짓말처럼 온데간데없었
어. 진짜 유령처럼."

　영주는 모든 게 거짓말 같았다고 거듭 말했다. 답답할 지경으로
느려터진 걸음걸이마저 나중에는 거짓말 같더라고. 그러더니 자
기가 본 걸 믿고 싶지 않다는 듯 바로 이렇게 말했다.

　"근데 그냥 우울증이야."

178

우울증에 걸리면 사람은 유령이 되는가.

"내가 걸려봐 아는데, 그래."

영주는 한때 약을 오랫동안 복용할 정도로 심각한 적이 있었다. 그래서 그런 상태에 대해서라면 잘 알았다.

"집에 있는 게 무섭고 답답하겠지. 식구들 보기도 불편하고. 집에 있으면 자신을 해치게 될까봐 두렵겠지."

나는 왠지 영주가 우울해서 그가 유령으로 보이는 게 아닐까 싶었다.

"왜 우울한 걸까?"

"뭔가를 잃었겠지."

집을 나오는 게 습관이 되어, 그 습관을 행하지 않으면 하루 동안 자신이 존재하지 않는 것 같을까. 습관은 시간이 쌓여 딱딱하게 굳어버린 역사니까. 우산씨는 그렇게 스스로 나아지기를 기다리는 건가. 생각이 정리되거나 상황이 수습되거나 마음이 너그러워지거나 관계가 좋아지거나 어두운 마음이 지나가거나 불안이 물러가거나. 저렇게 해야만 살 수 있어서 저렇게 지내는 거겠지. 견디려고 선택한 방식이겠지. 상실을 잊으려는 노력이겠지. 실망하고 실망하다보면, 절망하고 절망하다보면 바닥이 드러나는 날도 오겠지. 그 바닥에 닿아야 비로소 해결되는 것들이 있겠지. 그는 그걸 기다리다, 똑바로 응시하려는 것이겠지.

"근데 유령도 우울증에 걸릴까?"

내가 물었다.

"유령이니까 걸리지."

영주의 말이 묘하게 들렸다.

"얼마나 억울하겠어. 억울하니까 사람들 눈에 보일 정도지."

영주는 창문을 닫고 자리로 돌아가 다시 기타를 치기 시작했다.

태풍은 점점 가까이 다가오고 있었고, 그럴수록 빗방울은 다급한

마음을 유리창으로 흘려보냈다.

12. 무덤처럼 깊고 긴 잠

우리는 각자의 공간에서 태풍 메기가 지나가기를 숨죽여 기다렸다. 아버지는 안방에서 이불을 무덤처럼 둘러쓰고, 영주는 자기가 부르는 자기 노래 속에서, 나는 소설의 첫 페이지를 적어놓은 노트 안에서, 재하 오빠는 자신을 찌르는 나무의 모서리 위에서, 그리고 우산씨는 붙잡은 우산 속에서.

낡고 오래된 집은 어떻게 살아남는가.

장갑 공장을 하기 전 아래층은 쌀 창고였고, 그전에는 돼지 축사였고, 그전에는 비닐하우스가 있었단다. 이 고장에서 나고 자란 아버지는 비닐하우스에서 오이 따는 일을 했고, 돼지 축사일 때는 돼지를 쳤고, 쌀 창고로 바뀌었을 때는 논농사를 지었다고. 주인이어서가 아니라, 아버지는 그저 건물의 용도에 따라 직업을 바꾸는 고용 노동자일 뿐이었다. 여러 번 바뀐 건물 주인들은 모두 빚 때문에 건물을 팔아야 했고, 쌀농사를 지었던 마지막 주인도 결국 아들이 진 빚을 갚으려고 건물을 내놓았단다. 오랫동안 같은 곳에서 다른 일꾼으로 지낸 아버지는 더는 직업을 바꾸기가 지겨웠던지 여기저기서 돈을 꾸어다 주인이 팔려고 내놓은 건물을 덥석 사버렸다. 그러나 막상 사고 났더니 날림으로 지어진 건물에서 무얼 해야 할지 아버지는 막막하기만 했다. 결혼을 약속한 엄마는 오이 따는 것도 싫고, 냄새 나는 돼지는 더 싫고, 뙤약볕에서 하얀 피부를 태우며 일하는 농사 또한 싫다고 했다.

아버지가 장갑 공장을 하게 된 건 순전히 우연이었다. 어쩌다 장갑 짜는 기계를 보고 깜짝 놀랐던 것이다. 무엇에 놀랐냐면 그렇게 크거나 복잡해 보이지 않는 기계가 장갑을 짜준다는 단순한 사실에. 장갑은 짜지기만 하면 그걸로 다 된 거지 무엇이 더 필요할 것인가. 아버지는 기계가 짜주면 자신이 할 일은 별로 없어서 적당히 게으름 피우며 살 수 있을 거라 전망했다. 그 기계가 엄청난 속도로 장갑을 짜낸다는 건 생각도 못하고. 주인이나 사장은 본래 일을 덜 하는 사람인데 이제 나는 사장이고 기계가 모든 걸 알아서 해줄 테니, 하며 아버지는 또 덥석 빚을 내서 중고 편직기를 열다섯 대나 들여놓았다. 그러고는 장갑 짜는 일을 남은 평생의 업으로 삼겠다고 다짐하며 역시나 빚을 내 공장 위에 방 두 개 딸린 신혼집을 날림으로 지어 올렸다. 당시 엄마도 오이, 돼

지, 쌀보다는 장갑이 낫다며 관망했다. 재봉틀 앞에서 엄청난 속
도로 오버로크를 쳐야 한다는 건 상상도 못하고. 재하 오빠 아버
지가 우리집 옆 건물에 공방을 차린 건 내가 태어나던 해였다. 내
가 자라면서 아들만 둘인 아저씨와 아버지는 사이 좋은 친구가
되었다.

　그렇게 오래 살아남은 집은 오래 살았기에 장마철이 되면 바람
이 들고 물이 샜다. 태풍이 불 때마다 불행해지던 주변의 다른 집
들은 오래전에 다 헐려 사라졌다. 기와지붕 위로 태풍 지나가는
소리가 서걱서걱 들리는 지금, 불행이 탈없이 지나가주길 숨죽여
기다리는 밤이었다. 더는 창틀이 뒤틀리지 않고, 벽에 금이 가지
않고, 주저앉거나 기울지도 않고 버텨주길. 빚을 다 갚을 때까지
만 기다려주길.

　어젯밤, 오래 살아남은 집은 태풍을 잘 견뎌주었고, 또 그렇게
태풍도 무사히 떠나주었지만 아버지가 참지 못하고 대가리를 들
이받았다. 재하 오빠도 함께 달려들었다. 비바람이 멈추자마자 구
청에 민원을 넣었던 사람들이 떼거리로 몰려와 소음과 먼지에 대
한 대책을 직접 요구하고 나섰기 때문이었다. 그들은 구청에서 늑
장 대응을 한다고 생각했다. 어떤 이는 아파트 발코니 창을 열어
구정물을 내다버리는 것으로 항의에 동참했다. 영주와 나는 아침
부터 아버지가 집이 주저앉을 정도로 고함치는 소리에 놀라 잠에

서 깼다. 당신들이 뭔데 아침 댓바람부터 남의 집에 쳐들어와서 공장 문을 닫아라 마라 하는데? 내가 일 때려치우면 당신들이 우리 식구 먹여 살릴 거야? 그러면 내 관두지! 난 태어난 순간부터 여기다 뿌리를 박은 사람이야! 굴러온 돌은 당신들이라고! 정 못 살겠으면 당신들이 이사를 가든가! 굴러온 돌이라서 우리보고 참으라는 거예요? 참고 사는 것도 하루이틀이지. 나 천식 환잔데 문제 생기면 아저씨가 책임질래요? 책임지면 나도 관두고! 문제 생기면 병원을 가야지 왜 내가 책임지나! 이봐, 아저씨. 뿌리라도 주변 상황을 보고 눈치껏 옮길 생각을 해요. 옛날에는 그랬다 쳐도 지금 여기가 어디 공장 있을 자리야? 이 집 딸은 이상한 놈이랑 돌아다니데? 그러자 아버지가 죽여라 죽여, 소리지르며 그들을 향해 대가리를 들이받았다. 그런데도 그들이 돌아가지 않자 재하 오빠가 구청에서 보내온 공문서를 집어던지며 당신들이 이렇게 친히 쳐들어오지 않아도 때 되면 국가가 포클레인으로 갈아엎어준다니까 그만들 하고 돌아가라고 소리쳤다. 그들은 먹잇감을 발견한 맹수처럼 종이 쪼가리를 붙들고 웅성댔다. 누군가는 믿고 수그러졌고, 어떤 이는 상황을 모면하려고 꾸며낸 가짜 문서 아니냐고 의심했고, 다른 누군가는 사업이 집행될 때까지 고통을 감수하라는 거냐며 더 큰 분노를 표출했다.

아파트 사람들이 구청 앞에서 피켓 시위를 하겠다며 강경 대응을 예고하고 돌아간 뒤, 영주와 나는 이층으로 올라갔다. 아버지는 한숨을 토하는 건지 담배 연기를 내뿜는 건지 모를 정도로 숨을 푹푹 쉬며 평상에 앉아 있었다. 마땅히 바를 약을 못 찾아서 이마에 동전 파스 두 개를 붙인 채였다. 영주와 내가 아버지 양쪽에 앉았다.

"우리 이참에 그냥…… 공장 정리할까?"

호기롭던 모습은 어디로 사라졌는지 아버지는 눈살을 찌푸리며 담뱃재를 털어냈다.

"정리하면 뭐 먹고 살 건데."

영주가 평상에 드러누우며 말했다.

"다들 다른 취직자리 알아봐야지."

배운 도둑질은 못 버린다더니 막상 도둑질을 관둔다고 생각하자 쉽지만은 않았다. 엄마가 집을 나가면서부터 해온 일이었다. 겨우 우리 세 식구 먹고살 정도의 벌이밖에는 안 되지만 손에 굳어버린 일이었다. 언젠가 직업란에 하는 일이 무엇인지 적어야 할 때 난 당당하게 내 일을 쓸 수 있을까 고민한 적이 있었다. 그때 아버지는 '공장장'이라고 쓰라고 했다. "네 나이에 공장장 하는 사람 있으면 나와보라 그래!"라고 큰소리치며 자신감을 가지라고도 했다. 영주는 노래를 만들면 되지만 내가 장갑을 짜지 않고 할 수 있는 일이 무엇이 있을까. 장갑은 장갑이고 틈틈이 다른 자격증 공부라도 해뒀어야 했나. 말이 그렇지 사실 내겐 잠잘 시간조차 부족하지 않았나.

"그냥 공장 옮겨. 언제 무너져도 무너질 집, 그게 우리가 사는 길이야. 자나깨나 국민 생각만 하시는 국가께서 우리 살려주려고 떠나라고 하잖아."

영주가 말했다. 영주 입에서 '사는'이란 말이 나와서 어색하게 들렸지만 영주는 죽더라도 자기가 나고 자란 집에 깔려 죽고 싶지는 않은 모양이었다.

"옮기는 건 뭐 공짜래?"

아버지가 담배를 바닥에 버리고 슬리퍼로 밟아 껐다.

공장을 옮기려면 대출을 받아야 하고 그러면 빚은 또 늘어날 것이다. 빚은 왜 빚인가. 빚이기 때문이다. 빚은 빚어내는 거니까 줄지 않고 자꾸 불어난다. 이 집은 빚을 먹고 살아남는 운명인가.

태풍이 지나가는 동안 빗속에 너무 오래 서 있어서 몸살이라도 났는지 우산씨는 오후가 되어도 광장에 나타나지 않았다. 우리는 오랜만에 우산씨 없이 점심을 먹었고, 아버지는 웬일로 입맛이 없다며 물에 만 밥에 매실장아찌를 곁들여 두어 술 뜨고 일어났다. 말로는 아파트 사람들 때문이라는데 우산씨의 화려한 도시락 반찬이 없어서인 것 같았다.

오후의 창고 방에는 아버지가 휴대폰으로 켜놓은 라디오 소리뿐이었다. 주말쯤 대형급 태풍이 한반도를 관통할 거라는 예보가 또 나오자 아버지의 한숨이 창고 방을 울렸다. 어차피 비가 와도 민원은 계속될 테고, 이제 아버지가 걱정하는 건 태풍을 맞는 일이었다. 다들 마음이 뒤숭숭해서 평소보다 한 시간 일찍 일을 끝내고 이층으로 올라갔다. 나는 세탁기를 돌렸고, 영주는 방 청소를 했고, 아버지는 압력솥에 밥을 안쳤다. 옥상으로 올라가 세탁이 끝난 빨래를 널고 있는데 광장 가로등에 불이 들어왔다. 순간을 포착하기 어려울 만큼 가로등은 늘 소리 없이 은근슬쩍 켜지는지라 빨랫줄에 손을 얹은 채 불빛을 좀 오래 쳐다봤다. 심장이 몽롱해진 그때, 우산씨가 광장으로 터벅터벅 들어서는 모습이 빨랫줄 너머로 보였다.

우산씨의 얼굴은 창백했다. 그의 얼굴은 본래 창백한 데가 있고 하얀 가로등 불빛까지 받아 더 그렇겠지 싶으면서도 표정이 전과 다른 빛깔로 창백하게 느껴졌다. 내 느낌에 대답하듯 그가 몸을 옆으로 돌리자 우산 한쪽이 주저앉아 있는 게 보였다. 나는 저런 우산에 대해서라면 잘 안다. 균형이 허물어진 우산은 더이상 아름답지 않고, 사람을 가난하고 보잘것없게 만들어버리는데다 초라해 보이게까지 하지. 고작 우산 하나로. 겨우 우산 하나가 망가졌을 뿐인데 우산씨도 그렇게 보였다. 한쪽이 붕괴된 허공의 구조물. 나는 빨래를 널다 말고 광장으로 갔다. 걸을 때마다 구멍 뚫린 슬리퍼 밑바닥으로 비를 머금은 습한 바람이 들어와서 뻑뻑 소리가 났다.

"어쩌다 우산이……"

가까이서 보니 그의 표정은 더 창백했고 우산도 생각보다 심하게 찌그러져 있었다.

"비둘기."

우산씨가 손에 들고 있던 까만 봉지를 내밀었다. 안에 죽은 비둘기가 들어 있어서 나도 모르게 입을 틀어막고 비명을 질렀다.

"죄송, 합니다. 해주씨를, 놀라게 할, 생각은, 없었습니다."

"어쩌다 비둘기가……"

다시 살피니 그 안에 든 게 비둘기가 아니라 비를 뿌리는 한 덩어리의 구름처럼 느껴졌다. 죽음이란 자연의 어떤 형태로 돌아가는 것인지도 모른다. 구름이든, 먼지든, 물이든, 별이든.

"손은 또 왜 그렇고요?"

우산을 든 그의 손등에 검붉은 피가 맺혀 있었다.

기차역 앞에서 마스크 쓴 대학생들이 기회 평등과 공정을 외치며 집회를 하고 있었단다. 광장에 오려면 거길 지나야 해서 우산씨는 어쩔 수 없이 학생들을 비집고 들어섰다고. 그런데 몇 걸음 못 가 우산씨 앞에 비둘기 한 마리가 보였다고. 녀석은 바닥에 떨어진 음식물을 쪼아먹는 데 정신이 팔려 자신이 지금 어디에 있는지 모르는 것 같았고, 곧 정신을 차렸지만 무수한 발부리를 허둥허둥 피해 다니다 결국 학생들 발에 여러 번 짓밟혔다고. 사고란 것이 그렇듯 순식간에 벌어진 일이었고, 그가 사건을 인지했을 때는 이미 늦은 상태였다고. 의식을 잃은 비둘기는 그뒤로도 계속 발에 이리저리 차였다고 했다. 그가 학생들을 밀치고 녀석을 주워들었을 때 모가지는 이미 축 처져 있었고, 한쪽 날개는 꺾여 있었다고. 그사이 높이가 낮아진 그의 우산을 학생들이 양쪽에서 치고 누르는 바람에 우산살 두 군데가 툭, 꺾여버렸다고. 비둘기 날개처럼. 게다가 학생들은 우산과 함께 넘어진 그의 손등을 밟아서 으깨놓기까지 했다고.

우산씨는 망가진 우산과 죽은 비둘기를 들고 해가 질 때까지 계속 돌아다녔다고 말했다. 그는 밥은커녕 물 한 모금 마시지 못한 듯 허기져 보였다. 그와 나는 광장 근처 화단에 비둘기를 묻고 우리집으로 갔다. 가자마자 구급상자를 꺼내 손등을 소독한 뒤 밴드를 붙여주었다. 이마에 동전 파스를 붙인 아버지가 우리집에 언제부터 구급상자 같은 게 있었냐며 치료 내내 그와 나를 가자미눈으로 쳐다봤다.

우리는 저녁밥을 먹으려고 거실에 상을 차려놓고 둘러앉았다. 아버지는 우산씨만 치료해준 걸 섭섭해하다 나중에는 어색하고 불편한 표정으로, 영주는 불만스러운 얼굴로 서로의 의견을 눈짓으로 교환한 뒤 밥상을 어두침침하게 만들고 있는 그의 우산을 올려다보며 번갈아 말했다. 시작은 영주가 했다.

"해도 없고, 비도 없는데 접지?"

영주는 이번을 내기에서 이길 기회로 삼으려는 것 같았다.

"접을 수, 없습니다."

"바깥도 아니고 정신 사나우니까 좀 접지?"

영주가 숟가락으로 밥상 모서리를 한 번 치며 거듭 말했다. 우산씨가 그 소리에 놀라 어깨를 움찔하며 눈을 깜빡거렸다.

"한 대 처맞기 전에 빨리 접지?"

영주가 주먹을 가만히 쥐었다.

"접을 수, 없습니다."

그러자 아버지가 나섰다.

"눈도 어두운데 형광등까지 가리고 있으니 반찬이 안 보이네. 좀 접어주게."

"접을 수, 없습니다."

"집안에서 우산을 펴면 지붕 없는 집에 산다는 말이 있다네."

"무슨, 뜻입니까?"

그가 아버지의 얼굴을 진지하게 쳐다봤다.

"복이 나가서 가난해진다는 의미라네. 우리가 여기서 더 가난해지면 쓰겠나."

"접을 수, 없습니다."

그는 조금 미안한 표정이었다.

"멀쩡한 것도 아니고 망가진 우산을 펴고 있어서 우리집이 아주

폭삭 망할지 모르는데도? 그러면 그건 다 자네 때문이네."

"접을 수, 없습니다."

그의 작아진 목소리는 아까보다 덜 단호했다. 몇 번만 더 요구하면 접을지도 모르겠다는 생각이 들었다.

"그럼, 저 우산을 대신 쓰든가."

아버지가 가리킨 건 우산씨가 항상 하나 더 가지고 다니는 접힌 우산이었다.

"이럴 때를 대비해서 여분으로 들고 다니는 거 아니었나?"

아버지가 그의 대답을 기다리며 웅? 이라고 덧붙였다.

"어차피 고집부려 계속 쓰고 있을 거면 우리집을 위해 저걸로 바꿔 써주게."

"접을 수, 없습니다."

아버지는 고개를 절레절레 흔들더니 말했다.

"밥 먹자. 에이, 그냥 얼른 먹고 말자."

아버지는 얼른 식사를 마치고 우산씨를 밖으로 내보내는 편이 더 빠르겠다고 판단한 것 같았다. 아버지는 말 그대로 얼른 밥을 먹었다. 얼른 먹으면서 우리집 반찬은 건드리지 않고 그의 반찬에만 젓가락을 댔다. 아침부터 입맛이 없다며 내내 두어 술 뜨고 말더니 우산씨 도시락 반찬 때문에 밥을 한 공기 더 퍼다 먹었다. 우산씨는 우리집 총각김치만 집어들었다. 저번에는 깻잎장아찌만 먹었는데, 그런 식으로 늘 한 가지만 공략했다. 영주는 입을 오물

거리면서 계속 우산씨를 곁눈질로 살폈다. 젓가락질부터 밥을 씹는 모습까지. 영주는 그를 여전히 유령이라 생각했고, 그의 정체를 밝혀내려는 의지가 서린 눈빛으로 쳐다봤다. 관찰하느라 영주는 평소 양의 절반도 못 먹었다. 영주가 결명자차를 따라 마시며 컵 너머로 그를 매섭게 노려보더니 말했다.

"아저씨, 그때 나 봤지?"

총각김치를 베어 문 채 그의 눈이 잠깐 얼어붙었다.

"언제, 말입니까?"

"아, 그때. 운동화 종합 매장 앞 사거리에서."

그는 눈을 내리깔고 총각김치를 마저 베어먹었다.

"내가 아저씨 따라간 거 알고 있었지?"

그는 식사에만 몰두했다.

"시치미 떼지 말고. 나랑 눈도 마주쳤잖아."

그의 눈동자가 조금 흔들렸다.

"알고 갑자기 사라진 거지?"

그는 대답이 없었다.

"사라지는 건 어떻게 하는 거야?"

그가 젓가락을 놓고 우리 식구와 한 사람씩 진지하게 눈을 맞추며 말했다.

"궁금, 합니까?"

순간, 정적이 감돌았다.

192

"그건, 말입니다."

우리는 머리를 상 가운데로 살짝 모으며 집중했다.

"우산에, 있습니다."

우리는 동시에 그의 우산을 올려다봤다.

"근데, 말입니다."

우리는 일시에 고개를 내려 그를 쳐다봤다.

"이젠, 어렵게, 됐습니다."

"왜, 그, 그러나?"

대표로 아버지가 더듬거리며 물었다.

"망가져서, 말입니다."

"구라 치네!"

영주는 그렇게 소리치며 숟가락을 내려놓고 담배를 피우러 나갔고, 아버지는 배가 부르다며 안방으로 들어가버렸다. 밥상에는 그와 나만 남았다.

"해주씨도, 구라라고, 생각합니까?"

"상관없어요. 뭐든."

"상관없다니, 상관 않겠습니다."

우리는 상관 않고 식사를 계속했다. 식사를 마치고 나서는 녹차 우린 초록색 물을 절반씩 마셨고, 광장까지 걸으며 목이 긴 기린과 다리가 긴 플라밍고 이야기를 나누었다. 어쩌면 그건 아무에게도 한 적 없는 그와 나만의 이야기인지도 모르겠다. 나와 혜

어져 어둠 속을 홀로 걷는 그의 뒷모습을 가만히 응시하자 그가 사는 게 고달픈 사람들 눈에만 보이는 진짜 유령이라는 생각이 들었다. 그러니 만약 내가 사는 게 더이상 고달프지 않아서 그가 보이지 않게 된다면 몹시 그리울 것 같다고. 나는 내가 고달파지더라도 그가 옆에 있는 게 훨씬 좋다고.

집으로 가다가, 그 뒷모습이 자꾸 눈앞에 아른거려서 뒤돌아 그에게 달려갔다. 멀리 가버렸으면 어쩌나 했는데 다행히 모퉁이를 돌자 그가 가로등 아래 우두커니 서 있었다. 그의 어깨 너머로 누군가가 가로등에 몸을 기댄 채 비틀대는 모습이 보였다. 가까이 다가갔다. 재하 오빠였고, 술냄새가 지독하게 났다. 나는 어깨를 잡고 흔들며 오빠의 이름을 불렀다. 오빠가 고개 들어 초점 없는 눈으로 우리를 번갈아 쳐다보더니 삿대질을 하며 말했다.

"야, 우산! 요즘 또 내 잠 방해하더라."

오빠가 요즘 또 괴로운 시간을 보내는구나. 우산 짚는 소리가 없었어도 오빠는 잠을 못 잤을 것이다.

"우산 접어라."

우산씨는 처음으로 그 말에 어떤 대꾸도 하지 않았다.

"난 네 정체가 뭔지 안다."

오빠가 드디어 알아낸 것인가. 궁금했다. 오빠가 고개를 푹 꺾으며 말했다.

"유령."

우산씨는 잠자코 재하 오빠를 쳐다봤다.

"넌 유령이다. 유령이 아니면 도저히 설명이 안 돼."

왠지 나에게 그 말은 오빠가 그를 진짜 유령으로 믿는다는 게 아니라, 사는 게 고달프다는 말을 하고 싶어서 그를 유령으로 만들어버린 것처럼 들렸다.

"그래서 나는 네가 하나도 안 무섭고, 신경도 안 쓰여. 언젠간 연기처럼 사라질 테니까."

오빠가 눈을 감으며 가로등을 타고 바닥으로 주저앉았다. 우산씨가 재하 오빠를 일으켜세웠고 나도 옆에서 도왔다. 우리는 오빠를 양쪽에서 부축하고 공방으로 갔다. 찌그러진 우산이 여름밤을 걷는 세 사람을 허공에서 감쌌다. 그때 오빠가 내 이름을 불렀다. 그 이름은 술냄새를 풍기며 내 귀에 닿았다.

"해주야, 내가…… 내가…… 많이 좋아한다."

한여름 밤의 고백에 발이 꽁꽁 얼어버린 듯 멈추었다. 우산씨의 걸음도 같이 멈추었다. 술을 마시지 않았다면 하지 못할 말이었을 것이다.

"왜, 좋습니까?"

내내 한마디도 하지 않던 우산씨가 나 대신 물었고, 우리는 다시 천천히 걸었다.

"살게 하니까."

"어떻게, 살게, 합니까?"

"나무를, 나무를 너라고 생각하면 예쁘게 다듬고 깎아주고 싶거든."

오빠는 그렇게 살아왔던 것이다.

공방에 도착한 나는 재하 오빠를 방으로 데려다 눕혔다. 불을 끄고 방을 나오니 우산씨가 나무로 예쁘게 다듬고 깎아놓은 도마와 쟁반을 바라보고 있었다. 커다란 모래시계 속으로 들어온 듯 그의 시간도 멈춘 것 같았다. 바닥에는 모래알 같은 톱밥이 수북하게 쌓여 있었다. 재하 오빠가 살아온 시간이었다.

우산씨를 배웅하고 돌아오다 방에서 급하게 뛰쳐나오는 아버지와 마주쳤다. 직감적으로 또 제보를 받았다는 걸 알아차리고 아버지의 손목을 잡아챘다. 아버지는 내 손아귀에서 벗어나려고 안간힘을 썼지만 나는 노동을 위해 비축해둔 힘을 다 써서라도 아버지를 막을 작정이었다.

"해주야, 딱 한 번만."

아버지가 애원의 눈빛으로 내려다봤다. 나는 그걸 외면한 채 두 손으로 아버지의 팔을 당기며 바닥에 엉덩이를 내려놓았다. 아버지는 나를 질질 끌었고, 나는 두 다리로 완강히 버텼다.

"이번에는 느낌이 달라. 바닷가 근처도 아니야. 세탁소 윤씨 딸이 전주에 있는 식당에서 네 엄마를 봤대. 걔 너랑 동창이잖아."

온몸에 땀이 흐르고 손목 힘은 점점 빠져나가고 있었다. 공장의 장갑들이 도와주면 좋겠다는 생각이 들었다. 그 손들이 정신 차리라고 아버지의 뺨을 후려치고, 팔을 비틀고, 다리를 꺾어주면 좋겠다고 생각할 때, 장갑들에 버금가는 큰 손 하나가 나타나 아버지를 평상에 내던졌다. 영주였다. 평상으로 널브러진 아버지가 아이고, 나 죽네, 나 죽네, 하며 허리를 부여잡고 비명을 질렀다. 그러면서 영주와 내 눈치를 살핀 뒤 틈을 노려 다시 도망치려는 걸 영주가 붙들어 더 세게 내동댕이쳤다. 영주 손에 붙잡힌 아버지는 성냥개비나 다름없었다. 영주가 괜히 밥만 많이 처먹은 건 아닌 것 같았다. 영주의 완력에 꼼짝 못한 아버지가 눈동자를 이리저리 굴리며 또 벗어날 궁리를 하자 영주가 고압적인 목소리로 외쳤다.

"그만둬!"

영주가 아버지 일에 관여하는 건 처음이었다.

"씨발! 그만 때려치우라고!"

영주가 평상 다리를 걷어찼다. 아버지가 고쳐놓은 평상 다리가 다시 부러질 것 같았다.

"이번이 진짜 마지막이다. 그러니까……"

아버지가 영주의 눈치를 보며 애걸했다.

"마지막이고 뭐고, 돌아올 마음이 있었으면 진작 왔어."

"마음이 없을까봐 찾아서 데려오려는 거잖아."

"우리가 싫어서 제 발로 나간 여자야."

"사정이 있을 거야."

"오기 싫은 마음만 있겠지. 그런 여자는 데려놔봤자 다시 기어 나가게 돼 있어."

"지독한 년."

"지독한 건 그 여자야."

"그래도 네 엄마다."

"제 발로 나간 여자가 제 발로 안 들어온다는 건 마음이 없다는 거야. 마음이 일말이라도 남아 있는데 아직까지 안 온 거면 어디서 이미 죽었다는 거고."

순간 이층은 정적에 휩싸였다. 나는 아버지 옆에 주저앉았다. 한 번도 해보지 않은 생각을 영주가 꺼내서였다. 아버지도 마찬가지인 듯했다. 엄마가 죽었기 때문에 돌아오지 못하는 건지도 모른다는 사실. 사람은 여러 이유로 쉽게 죽을 수 있다. 병으로, 사고로, 자살로. 죽으면 돌아올 수 없는 것이다. 죽으면 어디에도 없는 것이다. 그러면 아무도 찾을 수 없는 것이다. 아버지는 그동안 자신이 세상에 없는 사람을 찾아다녔는지도 모른다는 사실에 허무한 표정을 지었다. 그 안에는 두려움과 절망도 섞여 있었다.

아버지는 평상에서 힘없이 일어나 자기 방으로 들어갔다. 곧 보라색 커튼이 창문을 가렸고, 불은 기운 없이 꺼졌다. 마지막 동면이 시작되려 하고 있었다. 어쩌면 아버지도 이미 지쳐 있었는지 모르겠다. 그래서 누구든 붙잡아주길 바랐는지도. 무덤처럼 깊고 긴 잠을 자고 나면 아버지 이마는 열이 식어서 조금 차가워져 있을 것이다.

13. 그래도 나는 비가 오면 좋겠어요

아버지와 영주는 우산씨 탓이라고 생각했다.

우산씨가 그날 우리집 안에서 우산을 펴고 있어서, 그것도 망가진 우산을 들고 밥을 먹어서 결국 이런 일이 생긴 거라고. 아니, 우산씨는 비를 내리게 하는 날씨 부적이었다고. 일기예보대로 주말에 대형급 태풍이 한반도로 몰아쳤다. 아니, 우리집과 재하 오빠 집에만 몰아친 것 같았다. 태풍은 두 집을 목표로 삼아 닷새 동안 먼 데서부터 구름을 모으고 바람을 끌어다 눈동자를 형성한 것 같았다. 그 눈알은 소용돌이치며 한곳만 응시해 여기까지 이르렀고, 우리는 자비 없는 그 외눈을 똑바로 마주봐야 했다.

태풍은 여기까지 오는 내내 조금도 힘이 약해지지 않았다. 구름은 엄청난 양의 비를 짜내어 길을 없앴고, 바람은 무지막지한 힘으로 반듯하던 것들을 옳지 않은 이상한 방향으로 구부려놓거나 원치 않은 곳으로 옮겨놓았다. 사물들이 자기 주소에서 벗어나 엉뚱한 장소로 흘러가버렸다. 지대가 낮은 우리집과 재하 오빠 집에는 점점 물이 차올랐다. 비는 다음날 저녁까지 계속될 거라고 했다. 예전에도 비슷한 물난리를 겪은 적이 있었다. 발등에서 찰랑거리던 물이 삽시간에 복숭아뼈까지 차올랐는데 설마 무릎이 빠지도록 비가 내리겠어, 하며 대비하지 않다가 아까운 것들을 잃고만 적이. 이번에도 흙탕물은 발등부터 찰랑거리며 위협해왔다. 우리는 대비하기 위해 아까운 것들을 이층으로 옮겼다. 대부분 공장 물건들이었다. 장갑 짜는 실과 납품을 앞두고 있던 장갑들, 그리고 창고 구석에 쌓아둔 재고 장갑들. 사실 그건 잃으면 아까운 것들이 아니라 잃으면 안 되는 것들이었고, 젖으면 안 되는 것들이었다. 재하 오빠의 나무도 젖으면 안 되긴 마찬가지인데, 오빠는 말리면 된다면서, 급한 건 미리 치워두고 왔다며 우리를 도와주었다. 오빠는 잠시만이라도 물이 들어오지 않도록 나무 톱밥 포대를 가져다 문턱에 둑처럼 쌓았다. 오빠가 살아온 시간이 담긴 포대로 홍수를 막는 것이었다. 편직기는 옮길 수 없어서 일일이 들어올려 벽돌을 밑에 받쳐두었다. 바오와 우산씨도 손을 보태주었다. 그러나 손이 부족했던 모양이다. 아니, 우리 쪽에 더해진 손보다 태풍이 훨씬 많은 손을 가져서 물이 차오르는 속도를 도저히 따라잡을 수 없었다. 우리집에 있는 장갑들이, 그 수많은 장갑이 진짜 손이었다면 가능했을까.

하늘에서 쏟아지는 비보다 고지대에서 급류처럼 휩쓸려 내려오는 양이 훨씬 많아서 단 십 분 만에 물이 허벅지까지 차올라버렸다. 쌓아둔 톱밥 포대도 더는 밀려드는 물을 막아주지 못했다. 창고 방은 물에 잠겨 나무 무늬 장판이 물위로 떠올랐고, 싸구려 벽지는 저절로 벗겨져 시멘트 벽이 적나라하게 드러났다. 미처 옮기지 못한 창고의 먼지 쌓인 재고 장갑들은 모두 젖어버렸다. 젖기 시작하면 무서운 속도로 물기를 빨아들이는 편직류라 순식간이었다. 장갑은 물이 묻었다고 닦아서 쓸 수 있는 물건도 아니었다. 하얀 장갑은 이미 흙탕물 색으로 염색한 것처럼 변해 있었다. 편직기도 절반 높이까지 잠긴 상태였다. 더이상 받쳐둘 벽돌이 없어 망연자실한 사이 빗물은 공장 창턱마저 삼켜버렸다. 하늘과 비도 부와 가난을 알고 있었다. 비까지 우리를 여기서 나가라고 떠미는 것 같았다.

옮길 수 있는 게 더는 없고, 옮겨서 의미가 생길 만한 것도 없어서 우리는 모두 손을 놓아버렸다. 그 손으로 할 수 있는 건 가슴에 붙이고 기도하는 것뿐이었다. 녹초가 된 우리는 거실에 모여 앉아 뉴스 속보를 틀어놓고 더이상 물이 불어나지 않기만을 바랐다.

나는 이층 난간 앞에 서서 더러운 물에 잠긴 세계를 불안한 눈동자로 바라봤다. 무언가는 완전히 잠겨 보이지 않았고 어떤 건 절반만 보여서 다른 세계에 와 있는 것 같았다. 광장의 벤치는 없어졌고, 가로등은 반토막으로 남았다. 세계의 일부분이 모두 그렇게 잘려나가거나 밑부분이 지워진 상태였다. 아버지의 자동차는 물속에 반쯤 처박힌 채 죽은 물고기처럼 둥둥 떠다녔다. 이층 한쪽에 버려둔 네모난 어항은 수도꼭지를 틀어놓은 것처럼 물이 넘쳐흘렀다. 나는 그 수면 위에 빗방울이 초래하는 파동과 파문을 넋 놓고 지켜봤다. 쉴새없이 쏟아지는 빗줄기는 다른 빗방울들이 수면에 동그라미를 그릴 시간조차 내주지 않았다. 원을 만들라치면 다른 빗방울이 곧장 그 원을 깨고 들어가 본래의 물결을 어지럽혔다. 파문을 부추기는 것도, 그 파문을 부수는 것도 파문이었다. 파문 속으로 파문이, 파문 밖으로 파문이 끝없이 이어져서 깨진 물이 바닥으로 넘쳤다. 그 파문은 나와 우리집에까지 미쳐서 파장을 일으켰다. 그러다 균열을 낸 뒤 무너뜨릴지도 모른다. 그러나 이 모든 게 나쁜 일만은 아닐 것이다. 우리는 아니지만 누군가에게는 이익이 되거나, 무언가에는 도움이 되기도 할 것이다. 어쩌면 그게 구청일까. 구청의 포클레인보다 저 태풍이 먼저 우리집을 허무는 거 아닐까. 그러면 구청에서는 자기가 할 일을 대신해주었다고 박수 치려나. 손 안 대고 코 풀었다고 좋아하려나. 아파트 사람들도 태풍을 응원하고 있을까.

침수된 마을은 고요했다. 소리마저 침수당한 걸까. 영화의 잔인하고 비극적인 장면에서 배경음악으로 우아하고 고상한 클래식이 흘러나오는 것처럼 평화롭기까지 했다. 그러나 빗방울 하나하나는 못처럼 굵고 아팠다. 수만 개의 두꺼운 못이 내 몸에 아프도록 박혔다. 비가 힘주어 괴롭히고 때렸다. 이미 비와 땀에 젖어버린 내게, 못이 박혀버린 내게 그가 다가와 우산을 씌워주었다. 그의 우산은 비바람을 이겨내느라 전보다 더 망가져 있었다. 흙탕물이 계속 휩쓸려 내려오면 공장의 천장까지 잠기는 건 아닐까. 천장을 지나 이층 방까지 올라와 아버지의 이불이 젖고, 영주의 기타가 젖고, 내 노트마저 젖어버리면. 뗏목처럼 조그맣게 남은 지붕에 서서 손수건을 흔들며 구조를 바라는 지경까지 이르면.

"우산씨, 수영할 줄 알아요?"

잠긴 세계에 시선을 둔 채 내가 물었다.

"못, 합니다."

"배워둘 걸 그랬나봐요."

"여기까지, 오진, 않을, 겁니다."

그러고는 우산씨가 덧붙였다.

"미안, 합니다."

나는 과거에도 물난리를 겪었다는 말, 지난번 아버지가 했던 얘기는 외국 속담이라 우리나라에 해당되지 않을 거라는 말, 가난과 불행에 익숙하다는 말, 굳이 탓을 하자면 앞날을 내다보지 못하고 풍수도 따지지 않고 낮은 땅에 지어진 건물을 덥석 사버린 아버지 때문이라는 말 대신 우산씨를 위해서는 언제나 이렇게 외칠 수 있다고 말했다.

"그래도 나는 비가 오면 좋겠어요."

빗줄기가 거세지자 재하 오빠가 집에서 나와 내 옆에 섰다. 오빠는 비를 맞으며 지친 얼굴로 공방 쪽을 쳐다봤다. 오빠는 비가 거칠어지기를 기다렸다 일부러 비를 맞고 서 있는 것 같았다. 우는 걸 들킬까봐. 울음소리와 눈물을 비가 다 가려줄 것이기에 안심하고 빗속에 서 있는 것 같았다. 그러나 자꾸 들썩이는 어깨까지 비가 감춰주지는 못했다. 그리고 떨리는 목소리도.

"많이 낡았다, 그치."

왠지 나는 오빠의 말들이, 젖은 나무는 말리면 된다는 말과 급한 건 미리 치워두고 왔다는 말이 모두 거짓말 같다고 생각했다. 일부러 젖고 잠기게 두고 싶었을 것이다. 그런 식으로 언젠가 한 번은 원망의 마음을 드러내고 싶었을 것이다. 모른 척 팽개치고 싶었을 것이다. 그래서 오빠는 하염없이 내리는 비가 고마웠을 것이다. 대신 망가뜨려주고 울음소리까지 감춰주는 비가. 오빠에게는 이익이 되고 도움이 될 비가. "많이 낡았다, 그치"는 어쩌면 '많이 참았다, 그치'가 아닐까. 그래서 오빠도 비가 오면 좋겠다고 바라고 있었을 것이다. 한참 울도록 내버려둔 뒤 우산씨가 재하 오빠에게 다가가 우산을 씌워주었다. 나는 이 비가 그치고 나면 오빠가 어떤 눈빛으로 나무를 바라볼지 궁금해졌다.

방과 거실은 옮겨놓은 장갑들 때문에 누울 공간조차 없었다. 손이 되어주지 못하는 손들은 우리가 발 디딜 곳까지 차지했다. 낮부터 한 끼도 먹지 못한 우리는 밥을 지어 상에 둘러앉았다. 사둔 라면도 없고, 반찬도 마땅치 않아 막막했는데 우산씨가 자기 도시락을 내주었다. 사양했지만 그거라도 받아주지 않으면 그가 계속 미안해할 것 같아서 상 가운데 놓았다. 뚜껑을 열어보니 그때와 똑같은 엄마의 반찬이었다. 이번에는 영주도 어쩔 수 없이 그의 반찬을 몇 번 집어먹었고, 재하 오빠는 그의 반찬통을 가장자리로 밀어내지 않았다. 물론 우산씨 몫은 따로 남겨두었다. 아버지가 여기서 더 가난해질 것도 없다며 우산 접으라고 안 할 테니 들어와 있으라고 했지만 그는 망가진 우산 하나로 비바람에 맞서며 서 있었다. 영주는 날 만났다는 듯, 비 오니까 밖에 있어야지, 우산도 있잖아, 라고 말하며 날씨와 어울리는 우중충한 자기 노래를 흥얼거렸다. 밖이라 그는 젖고 있었다. 가방도 젖고, 슈트도 젖고, 구두도 젖고, 주머니 속 얇은 책도 젖고, 손등에 붙인 밴드도 젖고, 우산도 젖었다. 다만 우산은 젖기 위해 존재하는 것이므로 너무나 잘 존재하고 있었다.

나는 가지 부러진 고목 같은 그의 뒷모습을 오랫동안 바라봤다. 혼자 밖에 있는 그를 그렇게라도 봐야만 할 것 같았다. 그는 미친 듯 불어대는 바람 속에 서 있기를 자처했고, 들썩이는 그의 어깨는 폭우를 향해 '접을 수, 없습니다'라고 외치는 것 같았다. 그는 태풍을 기다렸던 걸까. 이런 날이 오기를 기다렸을까. 우산을 접지 않고 그 거대한 외눈을 똑바로 응시하여 바다에 닿는 것을. 우산을 꺾지 않는 자신을 비와 바람이 다가와 흔들고 주저앉혀주길 바라는 마음으로. 나는 장갑 무덤에 기대어 잠깐씩 졸면서 그를 지켜봤다. 바람소리가 어디로 기울고, 비는 어디로 흘러가는지를 들으면서. 그의 우산이 그것들을 어떻게 받아내는지 놓치지 않으려고. 지금 그의 등은 이 근방에서 가장 외롭고 쓸쓸하고 막막한 창이었다. 그런 등을 가졌기에 알아본 거였다. 나와 창문을. 그는 흔들리지도 주저앉지도 않았다. 멀게만 느껴지던 푸른 새벽이 지나 아침 동이 틀 때까지.

아침이 되자 바람이 잦아들고 빗줄기도 가늘어지면서 물이 조금씩 빠지기 시작했다. 물이 완전히 빠지자 바닥에는 고운 진흙이 드러났다. 그 진흙을 걷어내고 씻어내는 데만도 하루가 꼬박 걸렸다. 창고 방의 장판을 새로 깔고 벽지도 다시 발라야 하지만 당장 엄두가 나지 않았다. 편직기 다섯 대는 고장이 나버렸고, 젖은 재고 장갑은 폐기처분을 해야 했다. 자정 무렵, 공장 바닥에 쌓였던 진흙을 모두 닦아내고 잠시 쉬고 있을 때였다. 다시 비가 내리려는 듯 천둥 치는 소리가 들려서 밖으로 나가봤더니 담장이 허물어져 있었다. 작년에 무너진 오른쪽 담장이 아닌 왼쪽 담장이었다. 적당하지 않아 부서진 것이었다. 바람이 적당하지 않았는지 담장의 강도가 적당하지 않았는지는 알 수 없었다. 다행히 다친 사람이나 지나가던 자동차가 없어서 책임질 일은 없었다. 이번에는 아버지와 재하 오빠도 담장을 보수하지 않고 그대로 두었다. 손 안 대고 한쪽 코를 풀었다고 구청과 아파트 사람들이 환호할 일이었다.

14. 불행은 외로운 걸 싫어해

불행은 외로운 걸 싫어해서 혼자 오지 않는다.

태풍이 지나가고, 이른 아침 고양이 우는 소리가 들리던 날이었다.

동물원의 코리가 죽었다는 소식을 영주가 담당 사육사로부터 전해들은 날이기도 했다.

엄마가 돌아왔다.

집을 나간 지 십삼 년 만에.

옥빛 유골함에 담겨서.

15. 탄생은 生, 죽음은 卒

엄마의 유골함을 배달하듯 들고 온 중년 여자가 평상에 나무 상
자를 올려놓았다. 하얀 보자기의 매듭을 푼 뒤 상자를 열어 옥빛
자기를 조심스레 꺼냈다. 햇빛이 반사되어 처음에는 함이 빛덩어
리처럼 보이다, 아버지 머리가 해를 가리자 함에 적힌 검은 글자
가 선명하게 드러났다. 故 윤정심. 엄마 이름이 세로로 쓰여 있었
고, 생몰년이 엄마 이름 양쪽으로 비가 흘러내리듯 적혀 있었다.
왼쪽에 生 1964年 2月 12日. 오른쪽에 卒 2021年 7月 9日. 탄생
은 저 '生'을 쓴다는 건 알았는데 죽음을 뜻하는 졸이 저 '卒'인 건
오늘 처음 알았다. 졸업식, 졸업장, 졸업 앨범 등. '졸업'이란 단어
에 사용하는 한자로만 기억하고 있었는데 죽었다는 말에도 쓰는
구나. 그러니까 우리는 무언가를 끝마칠 때마다 죽음을 겪는 것이

었다. 이 생을 마치는 것도 졸업이니, 엄마는 우리 식구 모르게 생을 졸업하고 돌아온 것이다. 그러나 아무도 그 사실을 믿지 못해서 다가가지 못하고 무어라 말을 꺼내지도 못했다. 엄마가 태어난 날짜는 알겠는데 죽었다는 날짜는 어떻게 생겨난 것인지 알 수 없었다.

먼저 믿고, 다가가고, 말을 꺼낸 건 아버지였다. 엄마를 찾아 팔방 곡곡을 헤맸던 아버지가 드디어 찾아냈다는 듯 엄마를 보듬고 울었다. 정심아, 정심아, 하며 소리 내어 울었다. 유골함으로 아버지의 눈물이 비처럼 떨어져 흘러내렸다. 아버지가 부들거리는 손으로 뚜껑을 열었다. 우리는 머리를 모으고 알 수 없는 이상한 그 구멍 안을 들여다봤다. 뼛가루는 하얗지 않고 잿빛에 가까웠다. 저 거친 가루가 엄마란다. 먼지 한줌의 생. 사람은 죽어서 돌아올 수 있는 것이다. 엄마는 왜 저런 형태로 돌아왔을까.

중년 여자 입에서 우리가 모르는 엄마의 십삼 년 생이 말이 되어 나왔다. 왜 이걸 엄마의 목소리가 아닌 처음 보는 사람의 음성으로 들어야 하는지 알 수 없었지만 소중히 들으려고 우리는 귀를 기울였다. 여자는 엄마가 십삼 년 동안 지냈던 전주의 한식당 사장이라고 했다. 엄마는 그 한식당에서 열심히 일했단다. 주말도 휴일도 없이 일하고 집에서는 따로 부업까지 했다고. 해마다 엄마는 여름휴가를 사흘만 냈는데 웬일로 올해는 열흘이나 달라고 해서 모처럼 좋은 데로 휴가를 가려는 모양이라고만 생각했다고. 그런데 열흘이 지나도 출근을 하지 않고 연락도 닿지 않아 집으로 찾아갔더니 이불 위에 허망하게 누워 있더라고. 너무 늦게 발견한 데다 더운 날씨 때문에 부패가 심해 사인은 알 수 없었고, 정확한 사망 날짜도 알기 어려워서 화장한 날짜를 임시로 적었다고 말했다. 누구도 지켜보지 못했고, 아무도 언제 눈을 감았는지 모르는 고독한 죽음이었다. 혼자 감당한 그 죽음이 얼마나 무섭고 두려웠을까. 얼마나, 외롭고 고통스러웠을까.

"평소 나랑 얘기할 때 자기는 죽으면 화장해줬으면 좋겠다고 했어요. 땅에 묻히는 것도 싫고, 사기그릇 놓는 선반 같은 납골당으로 가는 것도 싫다고. 화장해서 공중에 날려주면 바람 따라 여기저기 돌아다니다 비 오면 비에 젖고, 눈 오면 눈 맞고, 강물에도 닿아보고 사람들 옷깃이며 신발에도 달라붙으며 살고 싶다고요."

엄마는 혼자 살았단다. 몇 년은 식당에 딸린 작은 골방에서 지내다 방을 얻어 나갔다고. 사장은 엄마가 자기 얘기를 털어놓은 적이 없어서 무연고로 알고 화장을 했다고 한다. 화장이 끝난 다음날, 오래전 식당을 관둔 직원과 연락이 닿았는데 그 직원으로부터 엄마랑 술을 마시다 가족 얘기를 딱 한 번 들은 적이 있다는 말을 전해듣고 수소문해 여기까지 찾아오게 됐다고. 그 직원의 기억에 의하면 엄마가 집을 나온 건 순전히 충동적으로 벌어진 일이었고 돌아갈 생각도 많이 했다고 한다. 그러나 하루, 이틀이 지나고 일주일이 되고 보름이 넘어가자 다만 그 시기를 놓쳐버렸던 거라고. 아버지가 사장에게 물었다. 집을 나온 이유가 무엇인지 들은 게 있느냐고. 사장이 담담한 목소리로 말했다.

"오버로크요. 오버로크 치는 게 싫었대요. 그 직원 말로는."

우리는 모두 눈을 감아버렸다.

그렇게 가족을 버리고 나갔으면 적어도 하고 싶은 건 다 해보며 살아야 하는 거 아닌가. 마음먹은 대로 남들 사는 것처럼은 누려봐야 하는 거 아닌가. 집을 나가기 전보다는 조금이라도 덜 불행한 사람으로 남아야 하는 거 아닌가. 집 나오길 잘했다고 생각할 만큼 편하게 지내야 하는 거 아닌가. 차라리 우리가 세월을 미워하고 욕이라도 실컷 할 수 있게. 불쌍하다는 생각을 조금도 하지 않고 울지도 않으며 보낼 수 있게. 그래서 잠깐만 원망하다 금방 잊고 다시 살아가게.

엄마의 유품은 상자 세 개에 담겨 왔다. 열어보니 계절별 옷가지 몇 벌과 늘어진 속옷, 양말, 단종된 브랜드의 화장품, 그리고 소설책 몇 권이 전부였다. 엄마가 책을 읽는 사람이었던가. 어쩌면 좋아했는데 나처럼 읽을 시간이 없어서 누구도 몰랐던 것이겠지. 실은 문학소녀였는지도. 아무리 뒤져도 꽃무늬 원피스나 비치모자 같은 건 보이지 않았다. 겨울용 외투는 패딩 한 벌뿐이었고

목도리나 장갑도 없었다. 혹시 상자가 더 있거나 챙겨오지 못한 유품이 남아 있느냐고 물으니 사장은 이게 전부라고 말했다.

"지독히도 아끼며 살았어요. 안 입고 안 쓰고. 끼니도 식당 잔반으로 대충 해결하고. 그 직원 말이 술 취해서 딸들 얘기도 했대요. 애들 때문에라도 열심히 일해서 돈 많이 벌어야 한다고. 그때까지는 못 돌아간다고. 이렇게 돼버린 거 돈이라도 많이 벌려고 일 년만 더, 일 년만 더 하다 시간이 지나버린 게 아닌가 싶어요."

엄마는 책은 읽었지만 글을 남기지는 않았다. 엄마의 생각이나 심정이 담긴 작은 수첩이라도 한 권 나왔으면 했지만 없었다. 대신 엄마가 읽은 소설책에 밑줄이 그어져 있었다. 엄마의 마음을 끌어당긴 문장이란 공감을 의미하는 것이고, 그것은 곧 엄마가 하고 싶은 말도 되겠지, 라고 생각하자 각별해졌다. 밑줄이 닿아 있는 건 대부분 그리움과 외로움에 대한 표현들이었다. 나는 그 부분만 몇 번이고 반복해 읽었다.

그날 밤 우리는 옥상에서 엄마의 옷을 소각했다. 옷 속에서 빠져나온 엄마의 영혼 같은 하얀 연기가 너울너울 춤을 추며 밤하늘로 올라갔다. 이승에 남은 까만 재는 유골처럼 바스러져 먼지가 되었고, 냄내가 오랫동안 낡은 집을 감쌌다. 재하 오빠와 우산 씨가 애도하는 표정으로 옆에 서서 그 모든 과정을 지켜봐주었다. 그리고 나는 스탠드 불빛 아래서 엄마가 남긴 소설책을 읽기 시작했다.

16. 참치계란말이와 맛살계란말이

엄마가 남긴 소설책을 모두 읽는 데 닷새가 걸렸다. 우리는 그 닷새 동안 엄마와 생활했다. 일도 하지 않고, 밖에 나가지도 않고 집에만 있었다. 엄마를 거실 한가운데 두고 밥을 먹고 티브이를 보고 이야기를 주고받다 잠들기도 하면서. 엄마한테 말을 걸기도 했는데, 아버지와 나만 그랬고 영주는 그냥 우리가 하는 걸 지켜보기만 했다. 연락을 받은 친척들과 어떻게 알았는지 소식을 듣고 먼 데서 찾아온 몇몇 사람들이 조문하고 가기도 했다. 재하 오빠가 상주 역할을 해주었고, 우리는 조문객에게 간단한 음식을 대접해 보냈다. 상중이라고 써붙인 종이 때문인지 공장이 멈춰서인지 습관처럼 몰려오던 아파트 사람들도 닷새 동안 우리를 가만히 내버려두었다. 그들이 전하는 일말의 애도라고 이해했다. 모처럼 편안해서 일 년 내내 상중이면 좋겠다는 생각마저 들었다. 조용했던 그 닷새가 지나고 우리는 엄마를 보내주기로 했다. 엄마가 원하던 방식으로.

장소를 알아봐준 건 우산씨였다. 상복으로 갈아입은 우리는 트럭을 타고 우산씨가 소개해준 장소로 아침 일찍 떠났다. 집에서 그리 멀지 않아서 좋았다. 우산씨의 복장은 평소 그대로였다. 하얀 와이셔츠에 검은색 슈트. 왠지 상복 같았다. 그러자 지금까지 우산씨가 줄곧 상복 차림을 하고 있었다는 생각이 들었다. 그는 무언가를 위한 장례식을 매일 혼자 치러왔던 걸까. 트럭 짐칸에 타고 가는 동안 그는 자신이 겪은 죽음에 관한 여러 이야기로 나를 위로해주었다. 그리고 지금 가려는 곳은 이용하는 사람이 아무도 없으니 걱정할 게 없다고 안심시켜주었다.

재건축 예정인 십층 높이의 건물 끝, 모서리 창 앞에 서서 세상을 내려다봤다. 허공에 걸린 채, 위로 팔을 뻗으면 하늘뿐인 곳에서. 올려다볼 때와는 또다른 정서가 느껴졌다. 가슴이 시렸다. 건물 앞에는 산이 있었고, 그 산자락을 따라 강물이 굽이쳐 흐르고 있었다. 창밖으로 팔을 뻗어봤다. 바람은 산과 강 쪽으로 불었고, 하늘은 더없이 파랬다. 엄마와 가장 잘 어울리는 모서리 창. 어쩌면 엄마가 나보다 훨씬 먼저 알아보고 이해했을지 모르는 것. 그래서 나처럼 자주 올려다봤을지 모르는 창문의 정서.

재하 오빠와 우산씨가 뒤에서 지켜보는 가운데, 우리는 맨손으로 엄마를 한줌씩 집어 바람 속으로 날려보냈다. 산에도 닿고, 물에도 닿고, 신발에도 닿고, 옷깃에도 닿으라고. 자유롭게 돌아다니다 보고 싶어지면 바람을 타고 한 번씩 우리를 찾아오라고. 아버지는 "정심아, 미안하다. 잘 가라"라고 말하며 손을 놓았고, 나는 내 온몸에 균열을 일으키는 울음으로 보냈고, 영주는 말도 울음도 없이 바람결에 고요히 엄마를 뿌렸다. 엄마는 하늘 속으로 비를 머금은 잿빛 구름처럼 퍼져나갔다. 나는 지금 내가 느끼는 슬픔이 부족하지 않은가, 라고 생각했다. 충분히 슬픈데도 이보다 더한 슬픔이 어딘가에 있을 것만 같았다. 내 나이가 지금보다 훨씬 어렸다면 그 '더한 슬픔'에 닿을 수 있지 않았을까. 슬픔도 나이를 먹으면 마모되어 무뎌지니까. 아무리 울어도 슬픔의 끝에 닿을 수 없을지 모른다고 생각하자 엄마에게 미안해졌다.

늦은 밤, 영주는 평상에 앉아 엄마를 뿌렸던 자기 손을 내려다보며 처음으로 말했다.

"내가 그때, 왜 막살았는지 알아?"

영주는 누구한테도 하지 않았던 오래된 얘기를 꺼내려 하고 있었다.

"왜야?"

"이해해보려고."

"뭘?"

"엄마를."

"……"

"엄마를 이해해보려고."

"……"

"힘들었을 거 아니야."

"……"

"그래서……"

"……"

"어떤 어렵고 힘든 상황에 처하면, 자식을 버리고 집을 나가고 싶은 마음이 드는지 이해해보려고."

"그래서 이해하게 됐어?"

"응."

"언제?"

"언제인지는 나도 몰라. 끝나서 이해했던 건지, 이해해서 끝났던 건지."

순서가 어떻게 되든, 그리고 그게 언제였든 중요한 건 영주의 사건은 끝났고, 이해도 했다는 것이다. 아마 이해와 끝이 만난 지점에서 영주의 노래가 본격적으로 시작됐을 것이다.

"근데 언니가 잘못 알고 있는 게 있어."

"뭘?"

"도시락."

"도시락?"

"엄마가 싸준 도시락 반찬. 참치계란말이가 아니라 맛살계란말이였어."

"참치였어."

"아니야. 맛살이야."

"참치라니까."

"맛살이래도."

"엄마는 알까?"

"알겠지."

하지만 물을 데가 없었다. 사람의 마지막은 고요와 침묵이므로 엄마의 대답을 들을 수 없었다. 내일부터 막바지 장마가 시작된다고 하늘에 먹구름이 잔뜩 끼어 있었다. 구름의 표정이 어둡게 찌푸려져 있으니 조만간 비가 쏟아질 테고, 장마가 끝나면 지독한 폭염이 또 시작될 것이다. 나는 영주에게 노래를 불러달라고 했다. 그러면서 말했다.

"너의 노래는 이해하고 있었던 걸까? 너보다 먼저."

"이미."

"어떻게?"

"사는 게 힘들고 고통스러워서 죽고 싶은 마음도, 그러다 죽음에 이르는 것도 삶이라고. 죽음은, 삶에 속해 있을 뿐이라고."

죽음이 기다린다고 믿은 곳에 삶이 있더라고 영주가 뒤이어 말했다. 왠지 영주가 먼 길을 돌고 돌아 제 나이의 삶을 사는 젊은 영주로 돌아온 것 같았다.

"언제 알았어?"

"동료 개가 알려주더라고."

"네 멜로디를 훔친 그애?"

"내 음악은 항상 죽음을 노래해왔다고 생각했는데, 그건 결국 삶을 노래하는 거라고 말해주더라고. 그때는 무슨 뜻인지 몰랐는데 이제는 알 것 같아. 내 노래를 제일 잘 이해하는 애야. 항상 나보다 먼저. 나랑 비슷해서인가. 하긴 개도 바닥도 그런 바닥이 없는 인생을 살았지."

그러면서 영주는 엄마와 코리를 위한 노래를 만들 거라고 말했다. 그 노래는 젊은 영주가 만드는 첫번째 곡이 될 것이다. 젊은 영주가 밤하늘을 올려다보며 자기 노래를 불렀다. 죽음이 아닌 삶을. 처음으로 영주의 노래가 무섭지 않게 들렸다.

17. 우산의 걸음 소리

　엄마의 장례식 이후 우산씨는 열흘째 광장에 나타나지 않았다. 수많은 사람이 광장을 오가고 머물렀지만 우산을 쓴 사람은 없었다. 기다려도 오지 않았다. 그게 이상해서 비도 안 오는데 우산을 쓰고 광장을 며칠 거닐어봤다. 사람들이 나를 이상하게 쳐다봐서 몇 번 하다 관두었다.

　우산씨가 없는데도 광장의 가로등은 때 되면 저절로 켜졌다 꺼졌다. 그가 없는 광장은 더는 일하는 곳이 아니었다. 그곳이 여유로움을 풀어놓는 장소란 걸 그제야 알았다. 광장에 속한 구조물이 없어졌으니 내게 광장은 더이상 광장이 아니었다. 광장은 여전히 광장인 채로 거기 있겠으나 내가 알던 광장이 아니라서 내 광장은 아니었다. 나의 중심이나 심지는 더욱 아니었다. 우산씨가 마을의 일상과 부속물이 된 뒤로 사람들은 그를 시큰둥하게 지나쳤는데, 정말로 더는 이상한 광경이 아니었던지 그의 부재를 눈치챈 사람은 아무도 없었다. 원래 없었던 사람처럼 누구도 찾지 않았고 안부를 궁금해하지도 않았다. 언젠가 사라질 사람이라서 처음부터 관심을 주지 않았다는 듯이.

나는 그가 모두의 기억을 지우고 진짜 유령으로 돌아갔기 때문이라고 생각했다. 그래서 여전히 우산을 쓴 채 돌아다니고 있는데도 볼 수 없게 된 거라고. 아무도 그를 볼 수 없어서 그는 슬플까. 아무도 그를 찾을 수 없어서 외로울까. 아무도 그를 기억하지 않아서 절망할까. 하지만 내가 여기 있지 않나. 뜨거웠던 여름과 비 내리는 여름을 함께했던 내가. 우산 그늘을 기뻐했던 내가. 그를 잊지 않은 내가. 당신들에게는 그런 사람이 있었나요? 볕이 뜨거우면 그늘을 주고, 비가 오면 우산을 씌워주는 사람이 한때라도. 어쩌면 그는 우산을 들고 기다려왔던 것을 드디어 만났는지도 모르겠다. 그래서 이제는 내가 기다린다.

일을 많이 해 피곤한데도 밤에는 잠이 오지 않았다. 그럴 때는 노트에 적어놓은 소설의 첫 페이지를 스탠드 불빛 아래서 외워질 정도로 여러 번 읽었다. 그러다 두번째 페이지가 궁금한 소설을 만난 날이었다. 안개가 짙게 낀 새벽, 규칙적인 간격으로 우산이 바닥을 짚는 걸음 소리가 환청처럼 창문 너머에서 나지막이 들려오더니 이내 나의 안갯빛 잠이 되어주었다.

18. 적당히 가까운 나날

　도서관을 나오자 우산을 든 그가 출입문 앞에 가로등처럼 서 있었다. 폭염과 여름이 끝나고, 보름 하고도 여드레 만에 찾아온 그는 많이 수척해져 있었다. 하늘에서는 가는 비가 내렸다. 보슬보슬 내리는 비, 그것은 여름의 끝과 가을의 시작을 알리기 위해 내리는 시 같았다. 나는 챙겨온 우산을 편 뒤 그에게 다가갔다. 오랜만에 보는 건데 어제도 만난 것처럼 어색하지 않았다. 빗방울이 씨앗처럼 툭툭 우산으로 떨어지는 소리를 간간이 들으며 우리는 좀 오래 말없이 걸었다. 걸으며 가까워지고 걸으며 차오르기 위해. 그의 우산은 여전히 망가지고 부러진 채였다. 살 끝이 찢어져서 천이 더펄거렸고 뼈대까지 앙상하게 드러나 있었다.

　"오늘도, 첫 페이지를, 적었습니까?"

그가 느린 목소리로 물었다.

"아니요."

그는 폐건물이 되다시피 한 우산 너머로 나를 쳐다봤다.

"마지막 페이지를 적었어요."

그가 웃었다. 그의 웃음이 어떤 문장을 떠올리게 했다. 꿈을 꾸지 않더라도, 꿈을 꾸었으나 그 꿈을 이루지 못하더라도, 원하는 삶을 살지 않았더라도 그것이 꼭 나쁜 삶은 아니라는 글이었다. 그것은 엄마가 읽은 외국 소설에 밑줄 그어져 있던 문장이었다.

약간 좁아진 길로 접어들자 그의 우산과 내 우산이 닿아서 맺혀 있던 물방울이 손등으로 튀었다. 그렇게 몇 번이나 몸에 빗방울이 묻었을까. 그와 나는 서로에게 의견을 묻지 않고 마냥 걸었다. 어디로 갈 거냐고 묻지 않아도 접어드는 방향이 엇갈리거나 멀어지지 않았다. 갈림길이 나와도 마음의 갈피는 같은 곳으로 이어졌다. 언제까지나 계속 걷고 싶어서, 걷고, 걷고, 또 걷고, 그것도 모자라 한없이 걷고 싶어서 걷다보니 그와 나는 어느새 작고 아담한 숲으로 들어서고 있었다. 이런 숲이 있었나 싶었으나 멀리 왔다면 그럴 수 있다고 생각하며 가없이 걸었다. 꽤 많이 걸은 것 같은데도 다리는 아프지 않고 목도 마르지 않았다.

"해주씨."

그가 촉촉한 목소리로 나를 불렀다.

"함께, 마주본, 여름 때문에, 기다릴 수, 있었습니다."

나는 걸음을 멈추고 그를 마주봤다.

"그래서, 끝에, 닿을 수, 있었습니다."

나는 그에게 끝이라는 곳에 닿기 위해 얼굴이 수척해질 만큼의 시간이 필요했던 거라고 헤아렸다. 그는 그 끝에서 용서도 하고, 단념도 하고, 결심도 하고, 찾아도 가고, 받아들이기도 하고, 보내주기도 했다고 말했다.

"우산씨가 안 올 줄 알았어요."

"기다, 렸습니까?"

나는 고개를 끄덕였다.

"끝에, 닿고 보니, 마지막에는, 해주씨와, 멀리 있다는, 생각이, 들었습니다."

그는 나와 가까워지려고 돌아온 것이다.

우산 너머로 보이는 비에 젖은 숲은 전체적으로 윤기가 흘렀다. 대기는 깨끗하고 축축한 나무 이파리는 바람에 흔들릴 때마다 빛의 산란으로 반짝였다. 저만치에서는, 나뭇가지 사이로 빛이 여러 갈래의 반투명한 길처럼 내려와 지상에 닿아 있었다. 헝클어질 줄 모르는 빛이었다.

"우산씨."

빛으로 된 길이 내려앉은 곳에 이르러, 나는 마르지 않은 목소리로 그를 불렀다.

"네, 해주씨."

"우리 곧 이사가요."

그의 느린 발걸음이 조금 더 느려졌다. 숲길은 오른쪽으로 둥그렇게 휘었다 풀어지고, 다시 휘어 반대쪽으로 둥글게 이어졌다. 어디가 끝인지 알 수 없게 지긋이. 우그러지지 않는 빛과 달리 나무와 풀은 길을 따라 원만하게 구부러져 있었다. 그의 걸음과 나의 걸음이 느려져서 길이 풀어지는 시간은 점점 길어졌다. 이사를 가게 되었다. 그 오래된 집이 내 머리로 무너질 줄 알았는데 엄마의 십삼 년 삶 덕에 내가 살게 되었다. 엄마가 남긴 돈으로 공장과 집을 옮기게 되었다. 엄마가 우리 빚을 일부 갚았다. 나머지는 어깨에 파스를 붙이고 장갑을 짜서 갚아나가야 한다.

"잘, 됐습니다."

조금은 너그러워진 눈빛을 갖게 된 재하 오빠도 공방을 옮기기로 했다. 우리가 떠나면 자신도 계속 거기 머물 필요가 없다면서. 이사를 간다고 우리의 싸움이 끝난 건 아니었다. 우리가 진 것 또한 아니었다. 우리는 정당한 우리 몫을 끝까지 지켜낼 것이다. 걷다보니 어느새 비가 그쳐 있었다.

"비가 그쳤어요."

우산 밖으로 손을 내밀며 내가 말했다. 손바닥으로 떨어지는 빗방울이 하나도 없었다. 나는 우산을 접었다. 그가 우산을 뒤로 젖혀 하늘을 한번 쳐다보더니 자연스럽게 우산을 접었다. 구름이 걷히듯 우산과 어둠이 걷힌 그의 머리 위로 녹음과 하늘이 보였다.

그리고 여기에는 없지만, 그래서 눈에 보이지 않지만 어딘가에 일곱 가지 색깔 물방울로 구부려놓은 무지개도 있을 것이다. 우산을 쓰지 않은 우리는 서로에게 아무것도 감추지 않으며 걸었다. 우산이 없는 만큼 그와 나는 가까워져 있었다.

"우산씨."

"네, 해주씨."

"우리는 행복해질까요?"

"행복해질, 겁니다."

"언제요?"

"내일."

나는 그와 손이 적당히 닿을 정도의 거리로 걸었다. 이번에는 그가 나를 불렀다.

"해주씨."

"네, 우산씨."

그와 나는 적당히 가까이 있었다.

작가의 말

우리가 자주 지치는 건 인생은 기다리는 일이기 때문이다. 나 또한 많은 걸 기다렸다. 오랫동안 솔직한 답장과 용기 있는 고백을 기다렸고, 어제보다 약간은 기름진 여유를 기다렸고, 절망이 얼른 지나가기를 기다렸고, 밤잠을 설쳐가며 이야기의 첫 문장을 기다렸다. 기다림의 대가는 섭섭했지만 무엇도 남은 게 없는 것보다 여전히 기다림의 목록을 지녔음에 감사하며 하늘을 본다. 비록 지치더라도 기다림은 희망이기도 하니까. 어쩌면 내게 기다림은 기도였는지도 모르겠다. 저 하늘의 기도는 구름일까. 그 대가는 비와 그늘일까. 뜨거운 태양 아래 선 나는 구름을 기다리며 종이와 연필을 쥔다. 나의 시간을 문장으로 남기고 어제 찾아온 절망을 이겨내기 위해서. 그리고 소설 속 그들의 심정을 이해하기 위해서. 꽤 많은 날을 가깝게 지냈던 그들이었다. 그들의 내일이 행복했으면 좋겠다. 끝으로 우산을 든 당신 어깨가 많이 아프지 않기를, 당신 인생은 기다림에 오래 지치지 않기를 바란다. 당신은 내가 기다리는 사람이니까.

2021년 여름
장은진

문학동네 장편소설
날씨와 사랑
ⓒ 장은진 2021

초판 인쇄 2021년 6월 18일
초판 발행 2021년 6월 30일

지은이 장은진
책임편집 정은진 | 편집 김필균 이상술
디자인 김마리 최미영 | 마케팅 정민호 이숙재 우상욱 정경주
홍보 김희숙 김상만 함유지 김현지 이소정 이미희 박지원
제작 강신은 김동욱 임현식 | 제작처 영신사

펴낸곳 (주)문학동네 | 펴낸이 염현숙
출판등록 1993년 10월 22일 제406-2003-000045호
주소 10881 경기도 파주시 회동길 210
전자우편 editor@munhak.com | 대표전화 031) 955-8888 | 팩스 031) 955-8855
문의전화 031) 955-3578(마케팅) 031) 955-1922(편집)
문학동네카페 http://cafe.naver.com/mhdn | 트위터 @munhakdongne
북클럽문학동네 http://bookclubmunhak.com

ISBN 978-89-546-8020-2 03810

www.munhak.com